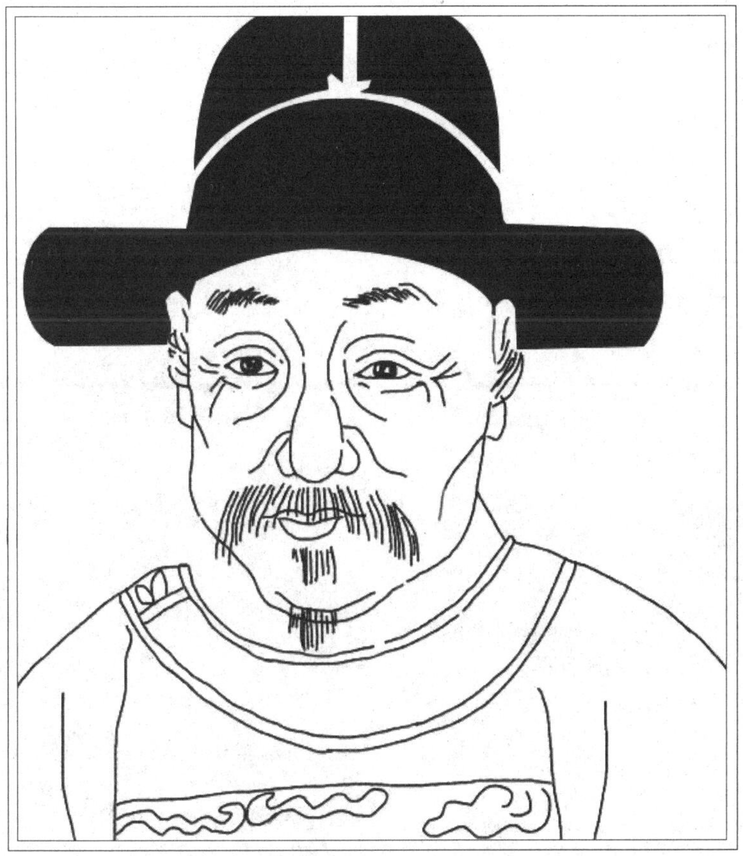

线装国学馆

初刻拍案惊奇

初刻拍案惊奇

线装国学馆

第四卷

初刻拍案惊奇

第三十一回

何道士因术成奸　周经历因奸破贼

诗云：

天命从来自有真，岂容奸术恣纷纭？
黄巾张角徒生乱，大宝何曾到彼人？

话说国朝永乐中，山东青州府莱阳县有个妇人，姓唐名赛儿。其母少时，梦神人捧一金盒，盒内有灵药一颗，令母吞之。遂有娠，生赛儿。自幼乖觉伶俐，颇识字，有姿色，常剪纸人马厮杀为儿戏。年长嫁本镇石麟街王元椿。这王元椿弓马熟娴，武艺精通，家道丰裕。自从娶了赛儿，贪恋女色，每日饮酒取乐。时时与赛儿说些弓箭刀法，赛儿又肯自去演习戏耍。光阴撚指，不觉陪费五六年，家道萧索，衣食不足。赛儿一日与丈夫说：『我们枉自在此忍饥受饿，不若将后面梨园卖了，买匹好马，干些本分求财的勾当，却不快活？』王元椿听得，说道：『贤妻何不早说？今日天晚了，不必说。』明日，王元椿早起来，写个出帖，央李媒为中，卖与本地财主贾包，得银二十余两。王元椿就去青州镇上，买一匹快走好马回来，弓箭腰刀自有。

拣个好日子，元椿打扮做马快手的模样，与赛儿相别，说：『我去便回。』赛儿说：『保重，保重。』元椿叫声『惭愧』，飞身上马，打一鞭，那马一道烟去了。来到酸枣林，是琅琊后山，止有中间一条路。若是阻住了，不怕飞上天去。王元椿只晓得这条路上好打劫人，不想着来这条路上走的人，只贪近，都不是依良本分的人，不便道白白的等你拿了财物去。也是元椿合当悔气，却好撞着这一起客人。望见褡裢颇有些油水，元椿自道：『造化了。』把马一拍，攒风的一般，前后左右，都跑过了。见没人，元椿就扯开弓，搭上箭，飘的一箭射将来。那客人伙里有个叫做孟德，看见元椿跑马时，早已防备。拿起弓梢，拨过这箭，落在地下。王元椿见头箭不中，煞住马，又放第二箭来。孟德又照前拨过了，就叫：『汉子，我也回礼。』把弓虚扯一扯，不放。王元椿只听得弦响，不见箭，心里想道：『这男女不会得弓马的，他只是虚张声势。』只有五分防备，把马慢慢的放过来。孟德又把弓虚扯一扯，口里叫道：『看箭！』又不放箭来。王元椿不见箭来，只道是真不会射箭的，放心起来。不晓得孟德虚扯弓时，就乘势搭上箭射将来。正对元椿当面。说时迟，那时快，元椿却好抬头看时，当面门上中一箭，从脑后穿出来，翻身跌下马来。孟德赶上，拔出刀来，照元椿喉咙，连搠上几刀，眼见得元椿不活了。诗云：

剑光动处悲流水，羽簇飞时送落花。欲寄兰闺长夜梦，清魂何自得还家？

孟德与同伙这五六个客人说：『这个男女，也是才出来的，不曾得手。我们只好去罢，不要担误了程途。』一伙人自去了。

且说唐赛儿等到天晚，不见王元椿回来，心里记挂。自说道：『丈夫好不了事！这早晚还不回来，想必发市迟，只叫我记挂。』等到一二更，又不见王元椿回来，只得关上门进房里，不脱衣裳去睡，只是睡不着。直等到天明，又不见回来。赛儿正心慌撩乱，没做道理处，只听得街坊上说道：『酸枣林杀死个兵快手。』赛儿又惊又慌，来与间壁卖豆腐的沈老儿叫做沈印时两老口儿说这个始末根由。沈老儿说：『你不可把真话对人说！大郎在日，原是好人家，又不惯做这勾当的，又无赃证。只说因无生理，前日卖个梨园，得些银子，买马去青州镇上贩卖，身边止有五六钱盘缠银子，别无余物。且去酸枣林看得真实，然

后去见知县相公。』赛儿就与沈印时一同来到酸枣林。看见王元椿尸首，赛儿哭起来。惊动地方里甲人等，都来说得明白，就同赛儿一干人都到莱阳县，见史知县相公。赛儿照前说一遍，知县相公说：『必然是强盗劫了银子并马去了。你且去殡葬丈夫，我自去差人去捕缉强贼。拿得着时，马与银子都给还你。』

赛儿同里甲人等拜谢史知县，自回家里来，对沈老儿公婆两个说：『亏了干爷、干娘，瞒倒瞒得过了，只是衣衾棺椁，无从置办，怎生是好？』沈老儿说道：『大娘子，后面园子既卖与贾家，不若将前面房子再去戤典他几两银子来，殡葬大郎，他必不推辞。』赛儿就央沈公沈婆同到贾家，一头哭，一头说这缘故。贾包见说，也哀怜王元椿命薄，说道：『房子你自住着，我应付你饭米两担，银子五两，待卖了房子还我。』赛儿得了银米，急忙买口棺木，做些衣服，来酸枣林盛贮王元椿尸首了当，送在祖坟上安厝。做些羹饭，看匠人攒砌得了时，急急收拾回来，天色已又晚了。与沈公沈婆三口儿取旧路回家。

来到一个林子里古墓间，见放出一道白光来。正值黄昏时分，照耀如同白日。三个人见了，吃这一惊不小。沈婆惊得跌倒在地下擂，赛儿与沈公还耐得住。两个人走到古墓中，看这道光从地下放出来。赛儿随光将根竹杖头儿拄将下去，拄得一拄，这土就似虚的一般，脱将下去，露出一个小石匣来。赛儿乘着这白光看里面时，有一口宝剑，一副盔甲，都叫沈公拿了。赛儿扶着沈婆回家里来，吹起灯火，开石匣看时，别无他物，只有抄写得一本天书。沈公沈婆又不识字，说道：『要他做甚么？』赛儿看见天书卷面上，写道《九天玄元混世真经》，旁有一诗，诗云：

唐唐女帝州，赛比玄元诀。
儿戏九环丹，收拾朝天阙。

赛儿虽是识字的，急忙也解不得诗中意思。沈公两口儿辛苦了，打熬不过，别了赛儿自回家里去睡。赛儿也关上了门睡，方才合得眼，梦见一个道士对赛儿说：『上帝特命我来，教你演习九天玄旨，普救万民，与你宿缘未了，辅你做女主。』醒来犹有馥馥香风，记得且是明白。次日，赛儿来对沈公夫妻两个备细说夜里做梦一节，便道：『前日得了天书，恰好又有此梦。』沈公说：『却不怪哉！有这等事！』

元来世上的事最巧，赛儿与沈公说话时，不想有个玄武庙道士何正寅在间壁人家诵经，备细听得，他就起心。因日常里走过，看见赛儿生得好，就要乘着这机会来骗他。晓得他与沈家公婆往来，故意不走过沈公店里，倒大宽转往上头走回玄武庙里来。独自思想道：『帝主非同小可，只骗得这个妇人做一处，便死也罢。』当晚置办些好酒食来，请徒弟董天然、姚虚玉，家童孟靖、王小玉一处坐了，同吃酒。这道士何正寅殷富，平日里作聪明，做模样，今晚如此相待，四个人心疑，齐说道：『师傅若有用着我四人处，我们水火不避，报答师傅。』正寅对四个人悄悄的说唐赛儿一节的事：『要你们相帮我做这件事。我自当好看待你们，决不有负。』四人应允了，当夜尽欢而散。

次日，正寅起来梳洗罢，打扮做赛儿梦儿里说的一般，齐齐整整。且说何正寅加何打扮，诗云：

秋水盈盈玉绝尘，簪星闲雅碧纶巾。
不求金鼎长生药，只恋桃源洞里春。

何正寅来到赛儿门首，咳嗽一声，叫道：『有人在此么？』只见布幕内走出一个美貌年少的妇人来。何正寅看着赛儿，深深的打个问讯，说：『贫道是玄武殿里道士何正寅。昨夜梦见玄帝分付贫道

说：「这里有个唐某当为此地女主，尔当辅之！汝可急急去讲解天书，共成大事。」』赛儿听得这话，一来打动梦里心事；二来又见正寅打扮与梦里相同；三来见正寅生得聪俊，心里也欢喜，说：『师傅真天神也。前日送丧回来，果然掘得个石匣，盔甲、宝剑、天书，奴家解不得，望师傅指迷，请到里边看。』赛儿指引何正寅到草堂上坐了，又自去央沈婆来相陪。赛儿忙来到厨下，点三盏好茶，自托个盘子拿出来。正寅看见赛儿尖松松雪白一双手，春心摇荡，说道：『何劳女主亲自赐茶！』赛儿说：『因家道消乏，女使伴当都逃亡了，故此没人用。』正寅说：『若要小厮，贫道着两个来服事，再讨大些的女子，在里面用。』又见沈婆在旁边，想道：『世上虔婆无不爱财，我与他些甜头滋味，就是我心腹，怕不依我使唤？』就身边取出十两一锭银子来与赛儿，说：『央干爷干娘作急去讨个女子，如少，我明日再添。只要好，不要计较银子。』赛儿只说：『不消得。』沈婆说：『赛娘，你权且收下，待老拙去寻。』赛儿就收了银子，入去烧炷香，请出天书来与何正寅看。却是金书玉篆，韬略兵机。

正寅自幼曾习举业，晓得文理，看了面上这首诗，偶然心悟说：『女主解得这首诗么？』赛儿说：『不晓得。』正寅说：『「唐女帝州」，头一个字，是个「唐」字。下边这二句，头上两字说女主的名字。末句头上是「收」字，说：「收了就成大事。」』赛儿被何道点破机关，心里痒将起来，说道：『万望师傅扶持，若得成事时，死也不敢有忘。』正寅说：『正要女主抬举，如何恁的说？』又对赛儿说：『天书非同小可，飞沙走石，驱逐虎豹，变化人马，我和你日间演习，必致疏漏，不是要处。况我又是出家人，每日来往不便。不若夜间打扮着平常人来演习，到天明依先回庙里去。待法术演得精熟，何用怕人？』赛儿与沈婆说：『师傅高见。』赛儿也有意了，巴不得到手，说：『不要迟慢了，只今夜便请起手。』正寅说：『小道回庙里收拾，到晚便来。』赛儿与沈婆相送到门边，赛儿又说：『晚间专等，不要有误。』

正寅回到庙里，对徒弟说：『事有六七分了。只今夜，便可成事。我先要董天然、王小玉你两个，只扮做家里人模样，到那里务要小心在意，随机应变。』又取出十来两碎银子，分与两个。两个欢天喜地，自去收拾衣服箱笼，先去赛儿家里。来到王家门首，叫道：『有人在这里么？』赛儿知道是正寅使来的人，就说道：『你们进里面来。』二人进到堂前，歇下担子，看着赛儿跪将下去，叫道：『董天然、王小玉叩奶奶的头。』赛儿见二人小心，又见他生得俊俏，心里也欢喜，说道：『阿也！不消如此，你二人是何师傅使来的人，就是自家人一般。』领到厨房小侧门，打扫铺床。天然拿个篮、秤到市上，用自己的碎银子买些东西，无非是鸡鹅鱼肉，时鲜果子点心回来。赛儿见天然拿这许多

事物回来，说道：『在我家里，怎么叫你们破费？是何道理？』天然回话道：『不多大事，是师傅吩咐的。』又去拿了酒回来，到厨下自去整理，要些油酱柴火，『奶奶』不离口，不要赛儿费一些心。

看看天色晚了，何正寅儒巾便服，扮做平常人，先到沈婆家里，请沈公沈婆吃夜饭。又送二十两银子与沈公，说：『凡百事要老爹老娘看取，后日另有重报。』沈公沈婆自暗里会意道：『这贼道来得跷蹊，必然看上赛儿，要我们做脚。我看这妇人，日里也骚托托的，做妖撒娇，捉身不住。我不应承，他两个夜里演习时，也自要做出来。我落得做人情，骗些银子。』夫妻两个回复道：『师傅但放心！赛娘没了丈夫，又无亲人，我们是他心腹。凡百事奉承，只是不要忘了我两个。』何正寅对天说誓。三个人同来到赛儿家里，正是黄昏时分。关上门，进到堂上坐定。赛儿自来陪侍，董天然、王小玉两个来摆列果子下饭，一面烫酒出来。正寅请沈公坐客位，沈婆、赛儿坐主位，正寅打横坐，沈公不肯坐。正寅说：『不必推辞。』各人多依次坐了。吃酒之间，不是沈公说何道好处，就是沈婆说何道好处，兼入些风情话儿，打动赛儿。赛儿只不做声。正寅想道：『好便好了，只是要个杀着，如何成事？』就里生这计出来。

元来何正寅有个好本钱，又长又大，道：『我不卖弄与他看，如何动得他？』此时是十五六天色，那轮明月，照耀如同白日一般，何道说：『好月！略行一行再来坐。』沈公众人都出来，堂前黑地里立着看月，何道就乘此机会，走到女墙边月亮去处，假意解手，护起那物来，拿在手里撒尿。赛儿暗地里看明处，最是明白。见了何道这物件，累累垂垂，且是长大。赛儿夫死后，旷了这几时，怎不动火？恨不得抢了过来。何道也没奈何，只得按住，再来邀坐。说话间，两个不时丢个情眼儿，又冷看一看，别转头暗笑。何道就假装个要吐的模样，把手揿着肚子，叫：『要不得！』沈老儿夫妻两个会意，说道：『师傅身子既然不好，我们散罢了。师傅胡乱在堂前权歇，明日来看师傅。』相别了自去，不在话下。

赛儿送出沈公，急忙关上门。略略温存何道了，就说：『我入房里去便来。』一径走到房里来，也不关门，就脱了衣服，上床去睡。意思明是叫何道走入来。不知何道已此紧紧跟入房里来，双膝跪下道：『小道该死，冒犯花魁，可怜见小道则个。』赛儿笑着说：『贼道不要假小心，且去拴了房门来说话。』正寅慌忙拴上房门，脱了衣服，扒上床来，尚自叫『女主』不迭。诗云：

绣枕鸳衾叠紫霜，玉楼并卧合欢床。
今宵别是阳台梦，帷恐银灯剔不长。

且说二人做了些不伶不俐的事，枕上说些知心的话，那里管天晓日高，还不起身。董天然两个早起来，打点面汤、早饭齐整等着。正寅先起来，穿了衣服，又把被来替赛儿塞着肩头，说：『再睡睡起来。』正寅开得房门，只见天然托个盘子，拿两盏早汤过来。正寅拿一盏放在桌上，拿一盏在手里，走到床头，傍着赛儿，口叫：『女主吃早汤。』赛儿撒娇，抬起头来，吃了两口，就推与正寅吃。正寅也吃了几口。天然又走进来，接了碗去，依先扯上房门。赛儿说：『好个伴当，百能百俐。』正寅说：『那灶下是我的家人，这是我心腹徒弟，特地使他来伏侍你。』赛儿说：『这等难为他两个。』又摸索了一回，赛儿也起来，只见天然就拿着面汤进来，叫：『奶奶，面汤在这里。』赛儿脱了上盖衣服，洗了面，梳了头。正寅也梳洗了头。天然就请赛儿吃早饭，正寅又说道：『去请间壁沈老爹老娘来同吃。』沈公夫妻二人也来同

吃。沈公又说道：『师傅不要去了，这里人眼多，不见走人来，只见你走出去，人要生疑，且在此再歇一夜。明日要去时，起个早去。』赛儿道：『说得是。』正寅也正要如此。沈公别了，自过家里去。

话不细烦，赛儿每夜与正寅演习法术符咒，夜来晓去，不两个月，都演得会了。赛儿先剪些纸人纸马来试看，果然都变得与真的人马一般。二人且来拜谢天地，要商量起手。却不防街坊邻里都晓得赛儿与何道两个有事了，又有一等好闲的，就要在这里用手钱。有首诗说这些闲中人，诗云：

每日张鱼又捕虾，花街柳陌是生涯。
昨宵赊酒秦楼醉，今日帮闲进李家。

为头的叫做马绶，一个叫做福兴，一个叫做牛小春，还有几个没三没四帮闲的，专一在街上寻些空头事过日子。当时马绶先得知了，撞见福兴、牛小春，说：『你们近日得知沈豆腐隔壁有一件好事么？』福兴说：『我们得知多日了。』马绶道：『我们捉破了他，赚些油水何如？』牛小春道：『正要来见阿哥，求带挈。』马绶说：『好便好，只是一件，何道那厮也是个了得的，广有钱钞，又有四个徒弟。沈公沈婆得那贼道东西，替他做眼，一伙人干这等事，如何不做手脚？若是毛团把戏，做得不好，非但不得东西，反遭毒手，倒被他笑。』牛小春说：『这不打紧。只多约几个人同去，就不妨了。』马绶又说道：『要人多不打紧，只是要个安身去处。我想陈林住居与唐赛儿远不上十来间门面，他那里最好安身。小牛即今便可去约石丢儿、安不着、褚偏嘴、朱百闲一班兄弟，明日在陈林家取齐。陈林我须自去约他。』各自散了。

且说马绶径来石麟街，来寻陈林，远远望见陈林立在门首。马绶走近前与陈林深喏一个。陈林慌忙回礼，就请马绶来里面客位上坐。陈林说：『连日少会，阿哥下顾，有何分咐？』马绶将众人要拿唐赛儿的奸，就要在他家里安身的事，备细对陈林说一遍。陈林道：『都依得。只一件：这是被头里做的事，兼有沈公沈婆，我们只好在外边做手脚，如何俟候得何道着？我有一计：王元椿在日，与我结义兄弟，彼此通家。王元椿杀死时，我也曾去送殡。明日叫老妻去看望赛儿，若何道不在，罢了，又别做道理。若在时打个暗号，我们一齐入去，先把他大门关了，不要大惊小怪，替别人做饭。等捉住了他，若是如意，罢了；若不如意，就送两个到县里去，没也诈出有来。此计如何？』马绶道：『此计极妙！』两个相别，陈林送得马绶出门，慌忙来对妻子钱氏要说这话。钱氏说：『我在屏风后，都听得了，不必烦絮，明日只管去便了。』当晚过了。

次日，陈林起来买两个荤素盒子，钱氏就随身打扮，不甚穿带，也自防备。到时分，马绶一起，前后各自来陈林家里躲着。陈林就打发钱氏起身，是日，却好沈公下乡去取帐，沈婆也不在。只见钱氏领着挑盒子的小厮在后，一往来到赛儿门首。见没人，悄悄的直走到卧房门口，正撞着赛儿与何道同坐在房里说话。赛儿先看见，疾忙跑出来迎着钱氏，厮见了。钱氏假做不晓得，也与何道万福。何道慌忙还礼。赛儿红着脸，气塞上来，舌滞声涩，指着何道说：『这是我嫡亲的堂兄，自幼出家，今日来望我，不想又起动老娘来。』正说话未了，只见一个小厮挑两个盒子进来。钱氏对着赛儿说：『有几个枣子送来与娘子点茶。』就叫赛儿去出盒子，要先打发小厮回去。赛儿连忙去出盒子时，顾不得钱氏，被钱氏走到门首，见陈林把嘴一努，仍又忙走入来。

陈林就招呼众人，一齐赶入赛儿家里，拴上门，正要拿何道与赛儿。不晓得他两个妖术已成，都遁去了。那一伙人眼花瞭乱，倒把钱氏拿住，口里叫道：『快拿索子来！先捆了这淫妇。』就踩倒在地下。只见是个妇人，那里晓得是钱氏？元来众人从来不认得钱氏，只早晨见得一见，也不认得真。钱氏在地喊叫起来说：『我是陈林的妻子。』陈林慌忙分开人，叫道：『不是。』扯得起来时，已自旋得蓬头乱鬼了。众人吃一惊，叫道：『不是着鬼？明明的看见赛儿与何道在这里，如何就不见了？』元来他两个有化身法，众人不看见他，他两个明明看众人乱窜，只是暗笑。牛小春说道：『我们一齐各处去搜。』前前后后，搜到厨下，先拿住董天然；柴房里又拿得王小玉，将条索子缚了，吊在房门前柱子上，问道：『你两个是甚么人？』董天然说：『我两个是何师傅的家人。』又道：『你快说，何道、赛儿躲在那里？直直说，不关你事。若不说时，送你两个到官，你自去拷打。』董天然说：『我们只在厨下伏侍，如何得知前面的事？』众人又说道：『也没处去，眼见得只躲在家里。』小牛说：『我见房侧边有个黑暗的阁儿，莫不两个躲在高处？待我掇梯子扒上去看。』何正寅听得小牛要扒上阁儿来，就拿根短棍子，先伏在阁子黑地里等。小牛掇得梯子来，步着阁儿口，走不到梯子两格上，正寅照小牛头上一棍打下来。小牛儿打昏晕了，就从梯子上倒跌下来。正寅走去空处立了看，小牛儿醒转来，叫道：『不好了！有鬼。』众人扶起小牛来看时，见他血流满面，说道：『梯子又不高，扒得两格，怎么就跌得这样凶？』小牛说：『却好扒得两格梯子上，不知那里打一棍子在头上，又不见人，却不是作怪？』众人也没做道理处。

钱氏说：『我见房里床侧首，空着一段，有两扇纸风窗门，莫不是里边还有藏得身的去处？我领你们去搜一搜去看。』正寅听得说，依先拿着棍子在这里等。只见钱氏在前，陈林众人在后，一齐走进来。正寅又想道：『这花娘吃不得这一棍子。』等钱氏走近来，伸出那一只长大的手来，撑起五指，照钱氏脸上一掌打将去。钱氏着这一掌，叫声：『呵也！不好了！』鼻子里鲜血奔流出来，眼睛里都是金圈儿，又得陈林在后面扶得住，不跌倒。陈林道：『却不作怪！我明明看见一掌打来，又不见人，必然是这贼道有妖法的。不要只管在这里缠了，我们带了这两个小厮，径送到县里去罢。』

众人说：『我们被活鬼弄这一日，肚里也饥了。做些饭吃了去见官。』陈林道：『也说得是。』钱氏带着疼，就在房里打米出来，去厨下做饭。石丢儿说着：『小牛吃打坏了，我去做。』走到厨下，看见风炉子边，有两坛好酒在那里；又看见几只鸡在灶前，丢儿又说道：『且杀了吃。』这里方要淘米做饭，且说赛儿对正寅说：『你耍了两次，我只文耍一耍。』正寅说：『怎么叫做文耍？』赛儿说：『我做出你看。』石丢儿一头烧着火，钱氏做饭，一头拿两只鸡来杀了，破洗了，放在锅里煮。那饭也却好将次熟了，赛儿就扒些灰与鸡粪放在饭锅里，搅得匀了，依先盖了锅。鸡在锅里正滚得好，赛儿又挽几杓水，浇灭灶里火。丢儿起去作活，并不晓得灶底下的事。此时众人也有在堂前坐的，也有在房里寻东西出来的。丢儿就把这两坛好酒，提出来开了泥头，就兜一碗好酒先敬陈林吃，陈林说：『众位都不曾吃，我如何先吃？』丢儿说：『老兄先尝一尝，随后又敬。』陈林吃过了，丢儿又兜一碗送马绶吃，陈林说：『你也吃一碗。』丢儿又倾一碗，正要吃时，被赛儿劈手打一下，连碗都打坏。赛儿就走一边。三个人说道：『作怪，就是这贼道的妖法。』三个说：『不要吃了，留这酒待众人来同吃。』众人看不见赛儿，赛儿又去房里拿出一个夜壶来，每坛里倾半壶尿在酒里，依先盖了坛头，众人也不晓得。众人又说道：『鸡想必好了，且

捞起来，切来吃酒。』丢儿揭开锅盖看时，这鸡还是半生半熟，锅里汤也不滚。众人都来埋怨丢儿说：『你不管灶里，故此鸡也煮不熟。』丢儿说：『我烧滚了一会，又添许多柴，着得好了才去，不晓得怎么不滚？』低倒头去张灶里时，黑洞洞都是水，那里有个火种？丢儿说：『那个把水浇灭了灶里火？』众人说道：『终不然是我们伙里人，必是这贼道，又弄神通。我们且把厨里见成下饭，切些去吃酒罢。』众人依次坐定，丢儿拿两把酒壶出来装酒，不开坛罢了，开来时满坛都是尿骚臭的酒。陈林说：『我们三个吃时，是喷香的好酒，如何是恁的？必然那个来偷吃，见浅了，心慌撩乱，错拿尿做水，倒在坛里。』众人鬼厮闹，赛儿、正寅两个看了只是笑。

赛儿对正寅说：『两个人被缚在柱子上一日了，肚里饥，趁众人在堂前，我拿些点心、下饭与他吃。又拿些碎银子与两个。』来到柱边，傍着天然耳边，轻轻的说：『不要慌！若到官直说，不要赖了吃打。我自来救你。东西银子，都在这里。』天然说：『全望奶奶救命。』赛儿去了。众人说：『酒便吃不得了，败杀老兴，且胡乱吃些饭罢。』丢儿厨下去盛饭，都是乌黑，臭的闻也闻不得，那里吃得？说道：『又着这贼道的手了！可恨这厮无礼！被他两个侮弄这一日。我们带这两个尿鳖送去县里，添差了人来拿人。』一起人开了门走出去，只因里面嚷得多时了，外面晓得是捉奸。看的老幼男妇，立满在街上，只见人丛里缚着两个俊俏后生，又见陈林妻子跟在后头，只道是了，一齐拾起砖头土块来，口里喊着，望钱氏、两个道童乱打将来，那时那里分得清楚？钱氏吃打得头开额破，救得脱，一道烟逃走去了。

一行人离了石麟街，径望县前来。正值相公坐晚堂点卯，众人等点了卯，一齐跪过去，禀知县相公：从沈公做脚，赛儿、正寅通奸，妖法惑众，扰害地方情由，说了一遍。两个正犯脱逃，只拿得为从的两个董天然、王小玉送在这里。知县相公就问董天然两个道：『你直说，我不拷打你。』董天然答应道：『不须拷打，小人只直说，不敢隐情。』备细都招了。知县对众人说：『这奸夫、淫妇还躲在家里。』就差兵快头吕山、夏盛两个，带领一千余人，押着这一干人，认拿正犯。两个小厮，权且收监。

吕山领了相公台旨，出得县门时，已是一更时分。与众人商议道：『虽是相公立等的公事，这等乌天黑地，去那里敲门打户，惊觉他，他又要遁了去，怎生回相公的话？不若我们且不要惊动他，去他门外埋伏，等待天明了拿他。』众人道：『说得是。』又请吕山两个到熟的饭铺里赊些酒饭吃了，都到赛儿门首埋伏。连沈公也不惊动他，怕走了消息。

且说姚虚玉、孟清两个在庙，见说师傅有事，恰好走来打听。赛儿见众人已去，又见这两个小厮，问得是正寅的人，放他进来，把门关了，且去收拾房里。一个收拾厨下做饭吃了，对正寅说：『这起男女去县禀了，必然差人来拿，我与你终不成坐待死？预先打点在这里，等他那悔气的来着毒手！』赛儿就把符咒、纸人马、旗仗打点齐备了，两个自去宿歇。直待天明起来，梳洗饭毕了，叫孟清去开门。

孟清开得门，只见吕山那伙人，一齐跄入来。孟清见了，慌忙踅转身望里面跑，口里一头叫。赛儿看见兵快来拿人，嘻嘻的笑，拿出二三十纸人马来，往空一撒，叫声：『变！』只见纸人都变做彪形大汉，各执枪刀，就里面杀出来。又叫姚虚玉把小皂旗招动，只见一道黑气，从屋里卷出来。吕山两个还不晓得，只管催人赶入来，早被黑气遮了，看不见人。赛儿是王元椿教的，武艺尽去得。被赛儿一剑一个，都

斫下头来。众人见势头不好，都慌了，转身齐跑。前头走的还跑了几个，后头走的，反被前头的拉住，一时跑不脱。赛儿说：『一不做，二不休。』随手杀将去，也被正寅用棍打死了好几个，又去追赶前头跑得脱的，直喊杀过石麟桥去。

赛儿见众人跑远了，就在桥边收了兵回来，对正寅说：『杀的虽然杀了，走的必去禀知县。那厮必起兵来杀我们，我们不先下手，更待何时？』就带上盔甲，变二三百纸人马，竖起六星旗号来招兵，使人叫道：『愿来投兵者，同去打开库藏，分取钱粮财宝！』街坊远近人因昨日这番，都晓得赛儿有妖法，又见变得人马多了，道是气概兴旺，城里城外人喉极的，齐来投他。有地方豪杰方大、康昭、马效良、戴德如四人为头，一时聚起二三千人，又抢得两匹好马来与赛儿、正寅骑。鸣锣擂鼓，杀到县里来。

说这史知县听见走的人，说赛儿杀死兵快一节，慌忙请典史来商议时，赛儿人马早已跑入县来，拿住知县、典史，就打开库藏门，搬出金银来分给与人，监里放出董天然、王小玉两个。其余狱囚尽数放了，愿随顺的，共有七八十人。到申末时，有四个人，原是放响马的，风闻赛儿有妖法，都来归顺赛儿。此四人叫做郑贯、王宪、张天禄、祝洪，各带小喽罗，共有二千余名，又有四五十匹好马。赛儿见了，十分欢喜。这郑贯不但武艺出众，更兼谋略过人，来禀赛儿，说道：『这是小县，僻在海角头，若坐守日久，朝廷起大军，把青州口塞住了，钱粮没得来，不须厮杀，就坐困死了。这青州府人民稠密，钱粮广大，东据南徐之险，北控渤海之利，可战可守。兵贵神速，莱阳县虽破，离青州府颇远。一日之内，消息未到。可乘此机会，连夜去袭了，权且安身，养成蓄锐，气力完足，可以横行。』赛儿说：『高见。』每人各赏元宝二锭，四表礼，权受都指挥，说：『待取了青州，自当升赏重用。』四人去了。

赛儿就到后堂，叫请史知县、徐典史出来，说道：『本府知府是你至亲，你可与我写封书。只说这县小，我在这里安身不得，要过东去打汶上县，必由府里经过。恐有疏虞，特着徐典史领三百名兵快，协同防守。你若替我写了，我自厚赠盘缠，连你家眷同送回去。』知县初时不肯，被赛儿逼勒不过，只得写了书。赛儿就叫兵房吏做角公文，把这私书都封在文书里，封筒上用个印信。仍送知县、典史软监在衙里。赛儿自来调方大、康昭、马效良、戴德如四员骁将，各领三千人马，连夜悄悄的到青州曼草坡，听候炮响，都到青州府东门策应。又寻一个像徐典史的小卒，着上徐典史的纱帽圆领，等候赛儿。又留一班投顺的好汉，协同正寅守着莱阳县，自选三百精壮兵快，并董天然、王小玉二人，指挥郑贯四名，各与酒饭了。赛儿全装披挂，骑上马，领着人马，连夜起行。行了一夜，来到青州府东门时，东方才动，城门也还未开。赛儿就叫人拿着这角文书朝城上说：『我们是莱阳县差捕衙里来下文书的。』守门军就放下篮来，把文书吊上去。又晓得是徐典史，慌忙拿这文书径到府里来。正值知府温章坐衙，就跪过去呈上文书。温知府拆开文书，看见印信、图书都是真的，并不疑忌，就与递文书军说：『先放徐典史进来，兵快人等且住着在城外。』守门军领入去。』赛儿叫人答应说：『我们走了一夜，才到得这里，肚饥了，如何不进城去寻些吃？』三百人一齐都跄入门里去，五六个人怎生拦得住？一搅入得门，就叫人把住城门。一声炮响，那曼草坡的人马都攒入府里来，填街塞巷。赛儿领着这三百人，真个是疾雷不及掩耳，杀

初刻拍案惊奇

入府里来。知府还不晓得，坐在堂上等徐典史。见势头不好，正待起身要走，被方大赶上，望着温知府一刀，连肩砍着，一交跌倒在地下挣命。又复一刀，就割下头来，提在手里，叫道：『不要乱动！』惊得两廊门隶人等，屎流屁滚，都来跪下。康昭一伙人打入知府衙里来，只获得两个美妾，家人并媳妇共八名。同知、通判都越墙走了。赛儿就挂出安民榜子，不许诸色人等抢掳人口财物，开仓赈济，招兵买马，随行军官兵将都随功升赏。莱阳知县、典史，不负前言，连他家眷放了还乡，俱各抱头鼠窜而去，不在话下。

只见指挥王宪押两个美貌女子，一个十八九岁的后生，这个后生，比这两个女子更又标致，献与赛儿。赛儿问王宪道：『那里得来的？』王宪禀道：『在孝顺街线铺里萧家得来的。这两个女子，大的叫做春芳，小的叫做惜惜，这小厮叫做萧韶。三个是姐妹兄弟。』赛儿就将这大的赏与王宪做妻子，看上了萧韶，欢喜倒要偷他，与萧韶道：『你姐妹两个，只在我身边服事，我自看待你。』赛儿又把知府衙里的两个美妾紫兰、香娇，配与董天然、王小玉。赛儿也自叫萧韶去宿歇。说这萧韶正是妙年好头上，带些惧怕，夜里尽力奉承赛儿，只要赛儿欢喜，赛儿得意非常。两个打得热了，一步也离不得萧韶，那里记挂何正寅？

且说府里有个首领官周经历，叫做周雄。当时逃出府，家眷都被赛儿软监在府里。周经历躲了几日，没做道理处，要保全老小，只得假意来投顺赛儿。见赛儿下个礼，说道：『小官原是本府经历，自从奶奶得了莱阳县、青州府，爱军惜民，人心悦服，必成大事。经历去暗投明，家眷俱蒙奶奶不杀之恩，周某自当倾心竭力，图效犬马。』赛儿见他说家眷在府里，十分疑也只有五六分，就与周经历商议守青州府并取旁县的事务。周经历说：『这府上倚滕县，下通临海卫，两处为青府门户，若取不得滕县与这卫，就如没了门户的一般，这府如何守得住？实不相瞒，这滕县许知县是经历姑表兄弟，经历去，必然说他来降。若说得这滕县下了，这临海卫就如没了一臂一般，他如何支撑得住？』赛儿说：『若得如此，事成与你同享富贵。家眷我自好的供养在这里，不须记挂。』周经历说道：『事不宜迟，恐他那里做了手脚。』赛儿忙拨几个伴当，一匹好马，就送周经历起身。

周经历来到滕县，见了许知县。知县吃一惊说：『老兄如何走得脱，来到这里？』周经历将假意投顺赛儿，赛儿使来说降的话，说了一遍。许知县回话道：『我与你虽是假意投顺，朝廷知道，不是等闲的事。』周经历道：『我们一面去约临海卫戴指挥同降，一面申闻各该抚按上司，计取赛儿。日后复了地方，有何不可？』许知县忙使人，去请戴指挥来见周经历，三个商议伪降，计策定了。许知县又说：『我们先备些金花表礼羊酒去贺，说「离不得地方，恐有疏失。」』周经历领着一行拿礼物的人来见赛儿，递上降书。赛儿接着降书看了，受了礼物，伪升许知县为知府，戴指挥做都指挥，仍着二人各照旧守着地方。戴指挥见了这伪升的文书，就来见许知县说：『赛儿必然疑忌我们，故用阳施阴夺的计策。』许知县说道：『贵卫有一班女乐，小佾儿，不若送去与赛儿做谢礼，就做我们里应外合的眼目。』戴指挥说：『极妙！』就回衙里叫出女使王娇莲、小佾头儿陈鹦儿来，说：『你二人是我心腹，我欲送你们到府里去，做个反间细作，若得成功，升赏我都不要，你们自去享用富贵。』二人都欢喜应允了。戴指挥又做些好锦绣鲜明衣服、乐器，县、卫各差两个人，送这两班人来献与赛儿。且看这歌童舞女如何？诗云：

舞袖香茵第一春，清歌婉转貌超群。
剑霜飞处人星散，不见当年劝酒人。

赛儿见人物标致，衣服齐整，心中欢喜，都受了，留在衙里。每日吹弹歌舞取乐。

且说赛儿与正寅相别半年有余，时值冬尽年残，正寅欲要送年礼物与赛儿，就买些奇异吃食，蜀锦文葛，金银珍宝，装做一二十小车，差孟清同车脚人等送到府里来。世间事最巧，也是正寅合该如此。两月前正寅要去奸宿一女子，这女子苦苦不从，自缢死了。怪孟清说『是唐奶奶起手的，不可背本，万一知道，必然见怪』，谏得激切，把孟清一顿打得几死，却不料孟清仇恨在心里。孟清领着这车从，来到府里见赛儿。赛儿一见孟清，就如见了自家里人一般，叫进衙里去安歇。孟清又见董天然等都有好妻子，又有钱财，自思道：『我们一同起手的人，他两个有造化，落在这里，我如何能勾也同来这里受用？』自思量道：『何不将正寅在县里的所为，说他一番？倘或赛儿欢喜，就留在衙里，也不见得。』到晚，赛儿退了堂，来到衙里，乘间叫过孟清，问正寅的事。孟清只不做声。赛儿心疑，越问得紧，孟清越不做声。问不过，只得哭将起来。赛儿就说道：『不要哭。必然在那里吃亏了，实对我说，我也不打发你去了。』孟清假意口里咒着道：『说也是死，不说也是死。爷爷在县里，每夜捱去，排门轮要两个好妇人好女子，送在衙里歇。标致得紧的，多歇几日；少不中意的，一夜就打发出来。又娶了个卖唱的妇人李文云。时常乘醉打死人，每日又要轮坊的一百两坐堂银子。百姓愁怨思乱，只怕奶奶这里不敢。两月前，蒋监生有个女子，果然生得美貌，爷爷要奸宿他，那女子不从，逼迫不过，自缢死了。小人说：「奶奶怎生看取我们！别得半年，做出这勾当来，这地方如何守得住？」怪小人说，将小人来吊起，打得几死，半月扒不起来。』赛儿听得说了，气满胸膛，顿着足说道：『这禽兽，忘恩负义！定要杀这禽兽，才出得这口气！』董天然并伙妇人都来劝道：『奶奶息怒，只消取了老爷回来便罢。』赛儿说：『你们不晓得这般事，从来做事的人，一生嫌隙，不知火并了多少！如何好取他回来？』一夜睡不着。

次日来堂上，赶开人，与周经历说：『正寅如此淫顽不法，全无仁义，要自领兵去杀他。』周经历回话道：『不知这话从那里得来的？未知虚实，倘或是反间，也不可知。地方重大，方才取得，人心未固，如何轻易自相厮杀？不若待周雄同个奶奶的心腹去访得的实，任凭奶奶裁处，也不迟。』赛儿道：『说得极是，就劳你一行。若访得的实，就与我杀了那禽兽。』周经历又说道：『还得几个同去才好，若周雄一个去时，也不济事。』赛儿就令王宪、董天然领一二十人去。又把一口刀与王宪，说：『若这话是实，你便就取了那禽兽的头来！违误者以军法从事！』又与郑贯一角文书：『若杀了何正寅，你就权摄县事。』一行人辞别了赛儿，取路往莱阳县来。周经历在路上，还恐怕董天然是何道的人，假意与他说：『何公是奶奶的心腹，若这事不真，谢天地，我们都好了。若有这话，我们不下手时，奶奶要军法从事。这事如何处？』董天然说：『我那老爷是个多心的人，性子又不好，若后日知道你我去访他，他必仇恨，羹里不着饭里着，倒遭他毒手。若果有事，不若奉法行事，反无后患。』郑贯打着窜鼓儿，巴不得杀了何正寅，他要权摄县事。周经历见众人都是为赛儿的，不必疑了。又说：『我们先在外边访得的确，若要下手时，我撚须为号，方可下手。』一行人入得城门，满城人家都是咒骂何正寅的。董天然说：『这话真了。』

一行径入县里来见何正寅。正寅大落落坐着，不为礼貌，看着董

天然说：『拿得甚么东西来看我？』董天然说：『来时慌忙，不曾备得，另差人送来。』又对周经历说：『你们来我这县里来何干？』周经历假小心，轻轻的说：『因这县里有人来告奶奶，说大人不肯容县里女子出嫁，钱粮又比较得紧，因此奶奶着小官来禀上。』正寅听得这话，拍案高嗔大骂道：『泼贱婆娘！你亏我夺了许多地方，享用快活，必然又搭上好的了。就这等无礼！你这起人不晓得事体，没上下的！』王宪见不是头，紧紧的帮着周经历，走近前说：『息怒消停，取个长便。待小官好回话。』正寅又说道：『不取长便，终不成不去回话。』周经历把须一撚，王宪就人嚷里拔出刀来，望何正寅项上一刀，早砍下头来，提在手里，说：『奶奶只叫我们杀何正寅一个，余皆不问。』郑贯就把权摄的文书来晓谕各人，就把正寅先前强留在衙里的妇人女子都发出，着娘家领回去，轮坊银子也革了，满城百姓，无不欢喜。衙里有的是金银，任凭各人取了些，又拿几车，并绫缎送到府里来。周经历一起人到府里回了话，各人自去方便，不在话下。

说这山东巡按金御史，因失了青州府，杀了温知府，起本到朝廷，兵部尚书按着这本，是地方重务，连忙转奏朝廷。朝廷就差总兵官傅奇充兵马副元帅，两个游骑将军黎晓、来道明充先锋，领京军一万，协同山东巡抚都御史杨汝待，克日进剿扑灭。钱粮兵马，除本省外，河南、山西两省，任从调用。傅总兵带领人马，来到总督府，与杨巡抚一班官军说『朝廷紧要擒拿唐赛儿』一节。杨巡抚说：『唐赛儿妖法通神，急难取胜。近日周经历与滕县许知县、临海卫戴指挥诈降，我们去打他后面莱阳县，叫戴指挥、许知县从那青州府后面杀出来，叫他首尾不能相顾，可获全胜。』杨巡抚说：『此计大妙。』傅总兵就分五千人马与黎晓充先锋，来取莱阳县；又调都指挥杜忠、吴秀，指挥六员：高雄、赵贵、赵天汉、崔球、密宣、郭谨，各领新调来二万人马，离莱阳县二十里下寨，次日准备厮杀。

郑贯得了这个消息，闭上城门，连夜飞报到府里来。赛儿接得这报子，就集各将官说：『如今傅总兵领大军来征剿我们，我须亲自领兵去杀退他。』着王宪、董天然守着这府，又调马效良、戴德如各领人马一万，去滕县、临海卫三十里内，防备袭取的人马。就是滕县、临海卫的人马，也不许放过来。周经历暗地叫苦说：『这妇人这等利害！』赛儿又调方大领五千人马先行，随后赛儿自也领二万人马到莱阳县来。离县十里就着个大营，前、后、左、右、正中五寨。又置两枝游兵在中营，四下里摆放鹿角、蒺藜、铃索齐整，把辕门闭上，造饭吃了，将息一回，就有人马来冲阵，也不许轻动。

且说黎先锋领着五千人马喊杀半日，不见赛儿营里动静，就着人来禀总兵，如此如此。傅总兵同杨巡抚领一班将官到阵前来，扒上云梯，看赛儿营里布置齐整，兵将猛勇，旗帜鲜明，戈戟光耀。褐罗伞下坐着那个英雄美貌的女将，左右立着两个年少标致的将军，一个是萧韶，一个是陈鹦儿，各拿一把小七星皂旗。又有两个俊俏女子，都是戎装；一个是萧惜惜，捧着一口宝剑；一个是王娇莲，捧着一袋弓箭。营前树着一面七尾玄天上帝皂旗，飘扬飞绕。总兵看得呆了，走下云梯来，令先锋领着高雄、赵贵、赵天汉、崔球等一齐杀入去，且看赛儿如何？诗云：

剑光动处见玄霜，战罢归来意气狂。
堪笑古今妖妄事，一场春梦到高唐。

赛儿就开了辕门，令方大领着人马也杀出来。正好接着，两员将斗不到三合，赛儿不慌不忙，口里念起咒来，两面小皂旗招动，那阵黑气从寨里卷出来，把黎先锋人马罩得黑洞洞的，你我不看见。黎晓慌了手脚，被方大拦头一方天戟打下马来，脑浆奔流。高雄、赵天汉俱被拿了。傅总兵见先锋不利，就领着败残人马回大营里来纳闷。方大押着，把高雄两个解入寨里见赛儿。赛儿道：『监候在县里，我回军时发落便了。』赛儿又与方大说：『今日虽赢他一阵，他的大营人马还不损折。明日又来厮杀，不若趁他喘息未定，众人慌张之时，我们赶到，必获全胜。』留方大守营。令康昭为先锋。赛儿自领一万人马，悄悄的赶到傅总兵营前，呐声喊，一齐杀将入去。傅总兵只防赛儿夜里来劫营，不防他日里乘势就来，都慌了手脚，厮杀不得。傅总兵、杨巡抚二人，骑上马往后逃命。二万五千人杀不得一二千人，都齐齐投降。又拿得千余匹好马，钱粮器械，尽数搬掳，自回到青州府去了。

军官有逃得命的，跟着傅总兵到都堂府来商议。再欲起奏，另自添遣兵将。杨巡抚说：『没了三四万人马，杀了许多军官，朝廷得知，必然加罪我们。我晓得滕县许知县是个清廉能干忠义的人，与周经历、戴指挥委曲协同，要保这地方无事，都设计诈降。而今周经历在贼中，不能得出。许、戴二人原在本地方，不若密密取他来，定有破敌良策。』傅总兵慌忙使人请许知县、戴指挥到府，计议要破赛儿一事。许知县近前，轻轻的与傅总兵、杨巡抚二人说：如此如此，『不出旬日，可破赛儿。』傅总兵说：『若得如此，我自当保奏升赏。』许知县辞了总制，回到县里，与戴指挥各备礼物，各差各的当心腹人来贺赛儿，就通消息与周经历，却不知周经历先有计了。

元来周经历见萧韶甚得赛儿之宠，又且乖觉聪明，时时结识他做个心腹，着实奉承他。萧韶不过意，说：『我原是治下子民，今日何当老爷如此看觑？』周经历说：『你是奶奶心爱的人，怎敢怠慢？』萧韶说道：『一家被害了，没奈何偷生，甚么心爱不心爱？』周经历道：『不要如此说，你姐妹都在左右，也是难得的。』萧韶说：『姐姐嫁了个响马贼，我虽在被窝里，也只是伴虎眠，有何心绪？妹妹只当得丫头，我一家怨恨，在何处说？』周经历见他如此说，又说：『既如此，何不乘机反邪归正？朝廷必有酬报。不然他日一败，玉石俱焚。你是同衾共枕之人，一发有口难分了。不要说被害冤仇，没处可报。』萧韶道：『我也晓得事体果然如此，只是没个好计脱身。』周经历说：『你在身伴，只消如此如此，外边接应都在于我。』却把许、戴来的消息通知了他。萧韶欢喜说：『我且通知妹子，做一路则个。』计议得熟了，只等中秋日起手，后半夜点天灯为号。周经历就通这个消息与许知县、戴指挥，这是八月十二日的话。到十三日，许知县、戴指挥各差能事兵快应捕，各带士兵、军官三四十人，预先去府里四散埋伏，只听炮响，策应周经历拿贼。许知县又密令亲子许德来约周经历，十五夜放炮夺门的事，都得知了，不必说。

且说萧韶姐妹二人，来对王娇莲、陈鹦儿通知外边消息，他两人原是戴家细作，自然留心。至十五晚上，赛儿就排筵宴来赏月，饮了一回，只见王娇莲来禀赛儿说：『今夜八月十五日，难得晴明，更兼破了傅总兵，得了若干钱粮人马。我等蒙奶奶抬举，无可报答，每人各要与奶奶上寿。』王娇莲手执檀板唱一歌，歌云：

虎渡三江迅若风，尤争四海竞长空。
光摇剑术和星落，狐兔潜藏一战功。

赛儿听得，好生欢喜，饮过三大杯。女人都依次奉酒，俱是不会唱的，就是王娇莲代唱。众人只要灌得赛儿醉了好行事，陈鹦儿也要上寿，赛儿又说道：『我吃得多了，你们恁的好心，每一人只吃一杯

罢。』又饮了二十余杯，已自醉了。又复歌舞起来，轮番把盏，灌得赛儿烂醉，赛儿就倒在位上。萧韶说：『奶奶醉了，我们扶奶奶进房里去罢。』萧韶抱住赛儿，众人齐来相帮，抬进房里床上去。萧韶打发众人出来，就替赛儿脱了衣服，盖上被，拴上房门。众人也自去睡，只有与谋知因的人都不睡，只等赛儿消息。萧韶又恐假醉，把灯剔得明亮，仍上床来搂住赛儿，扒在赛儿身上，故意着实耍戏，赛儿那里知得？被萧韶舞弄得久了，料算外边人都睡静了，自想道：『今不下手，更待何时？』起来慌忙再穿上衣服，床头拔出那口宝刀来，轻轻的掀开被来，尽力朝着赛儿项上剁下一刀来，连肩斫做两段。赛儿醉得凶了，一动也动不得。

萧韶慌忙走出房来，悄悄对妹妹、王娇莲、陈鹦儿说道：『赛儿被我杀了。』王娇莲说：『不要惊动董天然这两个，就暗去袭了他。』陈鹦儿道：『说得是。』拿着刀来敲董天然的房门，说道：『奶奶身子不好，你快起来！』董天然听得这话，就磕睡里慌忙披着衣服来开房门，不防备，被陈鹦儿手起刀落，斫倒在房门边挣命，又复一刀，就放了命。这王小玉也醉了，不省人事，众人把来杀了。众人说：『好到好了，怎么我们得出去？』萧韶说：『不要慌！约定的。』就把天灯点起来，扯在灯竿上。

不移时，周经历领着十来名火夫，平日收留的好汉，敲开门一齐拥入衙里来。萧韶对周经历说：『赛儿、董天然、王小玉都杀了，这衙里人都是被害的，望老爷做主。』周经历道：『不须说，衙里的金银财宝，各人尽力拿了些。其余山积的财物，都封锁了入官。』周经历又把三个人头割下来，领着萧韶一起开了府门，放个铳。只见兵快应捕共有七八十人，齐来见周经历说：『小人们是县、卫两处差来兵快，策应拿强盗的。』周经历说：『强盗多拿了，杀的人头在这里。都跟我来。』到得东门城边，放三个炮，开得城门，许知县、戴指挥各领五百人马杀入城来。周经历说：『不关百姓事，赛儿杀了，还有余党，不曾剿灭，各人分头去杀。』

且说王宪、方大听得炮响，都起来，不知道为着甚么，正没做道理处，周经历领的人马早已杀入方大家里来。方大正要问备细时，被侧边一枪搠倒，就割了头。戴指挥拿得马效良、戴德如，阵上许知县杀死康昭、王宪一十四人。沈印时两月前害疫病死了，不曾杀得。又恐军中有变，急忙传令：『只杀有职事的。小卒良民，一概不究。』多属周经历招抚。

许知县对众人说：『这里与莱阳县相隔四五十里，他那县里未便知得。兵贵神速，我与戴大人连夜去袭了那县，留周大人守着这府。』二人就领五千人马，杀奔莱阳县来，假说道：『府里调来的军去取旁县的。』城上径放入县里来。郑贯正坐在堂上，被许知县领了兵齐抢入去，将郑贯杀了。张天禄、祝洪等慌了，都来投降，把一干人犯，解到府里监禁，听候发落。安了民，许知县仍回到府里，同周经历、萧韶一班解赛儿等首级来见傅总兵、杨巡抚，把赛儿事说一遍。傅总兵说：『足见各官神算。』称誉不已。就起奏捷本，一边打点回京。

朝廷升周经历做知州，戴指挥升都指挥，萧韶、陈鹦儿各授个巡检，许知县升兵备副使，各随官职大小，赏给金花银子表礼。王娇莲、萧惜惜等，俱着择良人为聘，其余在赛儿破败之后投降的，不准投首，另行问罪。此可为妖术杀身之鉴。有诗为证：

四海纵横杀气冲，无端女寇犯山东。
吹箫一夕妖氛尽，月缺花残送落风。

第三十二回

乔兑换胡子宣淫　显报施卧师入定

词云：

丈夫只手把吴钩，欲斩万人头。如何铁石，打成心性，却为花柔？
君看项籍并刘季，一怒使人愁。只因撞着，虞姬戚氏，豪杰都休。

这首词是昔贤所作，说着人生世上，『色』字最为要紧。随你英雄豪杰，杀人不眨眼的铁汉子，见了油头粉面，一个袋血的皮囊，就弄软了三分。假如楚霸王、汉高祖分争天下，何等英雄！一个临死不忘虞姬，一个酒后不忍戚夫人，仍旧做出许多缠绵景状出来，何况以下之人？风流少年，有情有趣的，牵着个『色』字，怎得不荡了三魂，走了七魄？却是这一件事关着阴德极重，那不肯淫人妻女、保全人家节操的人，阴受厚报：有发了高魁的，有享了大禄的，有生了贵子的，往往见于史传，自不消说。至于贪淫纵欲，使心用腹污秽人家女眷，没有一个不减算夺禄，或是妻女现报，阴中再不饶过的。

而今听小子说一个淫人妻女，妻女淫人，转辗果报的话。元朝沔州原上里有个大家子，姓铁名镕，先祖为绣衣御史。娶妻狄氏，姿容美艳，名冠一城。那汉沔风俗，女子好游，贵宅大户，争把美色相夸。一家娶得个美妇，只恐怕别人不知道，倒要各处去卖弄张扬，出外游耍，与人看见。每每花朝月夕，士女喧阗，稠人广众，挨肩擦背，目挑心招，恬然不以为意。临晚归家，途间一一品题，某家第一，某家第二。说着好的，喧哗谑浪，彼此称羡，也不管他丈夫听得不听得。就是丈夫听得了，也道是别人赞他妻美，心中暗自得意。便有两句取笑了他，总是不在心上的。到了至元、至正年间，此风益甚。铁生既娶了美妻，巴不得领了他各处去摇摆。每到之处，见了的无不啧啧称赏。那与铁生相识的，调笑他，夸美他，自不必说。只是那些不曾识面的，一见了狄氏，问知是铁生妻子，便来挜相知，把言语来撩拨，酒食来撺哄，道他是有缘之人，有福之人，大家来奉承他。所以铁生出门，不消带得本钱在身边，自有这一班人扳他去吃酒吃肉，常得醉饱而归。满城内外人没一个不认得他，没一个不怀一点不良之心，打点勾搭他妻子。只是铁生是个大户人家，又且做人有些性气刚狠，没个因由，不敢轻惹得他。只好干咽唾沫，眼里口里讨些便宜罢了。古人两句说得好：

谩藏诲盗，冶容诲淫。

狄氏如此美艳，当此风俗，怎容他清清白白过世？自然生出事体来。又道是『无巧不成话』，其时同里有个人，姓胡名绥，有妻门氏，也生得十分娇丽，虽比狄氏略差些儿，也算得是上等姿色。若没有狄氏在面前，无人再赛得过了。这个胡绥亦是个风月浪荡的人，虽有了这样好美色，还道是让狄氏这一分，好生心里不甘伏。谁知铁生见了门氏也羡慕他，思量一网打尽，两美俱备，方称心愿。因而两人各有欺心，彼此交厚，共相结纳。意思便把妻子大家兑用一用，也是情愿的。铁生性直，胡生性狡。铁生在胡生面前，时常露出要勾上他妻子的意思来。胡生将计就计，把说话曲意倒在铁生怀里，再无推拒。铁生道是胡生好说话，毕竟可以图谋。不知胡生正要乘此机会营勾狄氏，却不漏一些破绽出来。铁生对狄氏道：『外人都道你是第一美色，据我所见，胡生之妻也不下于你，怎生得设个法儿，到一到手？人生一世，两美俱为我得，死也甘心。』狄氏道：『你与胡生恁地相好，把话实对他说不得？』铁生道：『我也曾微露其意，他也不以为怪。却是怎好直话得出？必是你替我做个牵头，才弄得成。只怕你要吃醋拈酸。』狄氏道：『我从

来没有妒心的，可以帮衬处，无不帮衬，却有一件：女人的买卖，各自门各自户，如何能倒惹得他？除非你与胡生内外通家，出妻见子，彼此无忌，时常引得他到我家里来，方好觑个机会，弄你上手。』铁生道：『贤妻之言，甚是有理。』

从此愈加结识胡生，时时引他到家里吃酒，连他妻子请将过来，叫狄氏陪着。外边广接名姬狎客，调笑戏谑。一来要奉承胡生喜欢，二来要引动门氏情性。但是宴乐时节，狄氏引了门氏在里面帘内窥看，看见外边淫昵亵狎之事，无所不为，随你石人也要动火。两生心里各怀着一点不良之心，多各卖弄波俏，打点打动女佳人。谁知里边看的女人，先动火了一个。你道是谁？元来门氏虽然同在那里窥看，到底是做客人的，带些拘束，不像狄氏自家屋里，恣性瞧看，惹起春心。那胡生比铁生，不但容貌胜他，只是风流身份，温柔性格，在行气质，远过铁生。狄氏反看上了，时时在帘内露面调情，越加用意支持酒肴，毫无倦色。铁生道是有妻内助，心里快活，那里晓得就中之意？铁生酒后对胡生道：『你我各得美妻，又且两人相好至极，可谓难得。』胡生谦逊道：『拙妻陋质，怎能比得尊嫂生得十全？』铁生道：『据小弟看来，不相上下的了，只是一件：你我各守着自己的，亦无别味。我们做个痴兴不着，彼此更换一用，交收其美，心下何如？』此一句话正中胡生深机，假意答道：『拙妻陋质，虽蒙奖赏，小弟自揣，怎敢有犯尊嫂？这个于理不当。』铁生笑道：『我们醉后谑浪至此，可谓忘形之极！』彼此大笑而散。

铁生进来，带醉看了狄氏，抬他下颏道：『我意欲把你与胡家的兑用一兑用，何如？』狄氏假意骂道：『痴乌龟！你是好人家儿女。要偷别人的老婆，到舍着自己妻子身体！亏你不着，说得出来！』铁生道：『总是通家相好的，彼此便宜何妨？』狄氏道：『我在里头帮衬你凑趣使得，要我做此事，我却不肯。』铁生道：『我也是取笑的说话，难道我真个舍得你不成？我只是要勾着他罢了。』狄氏道：『此事性急不得，你只要撺哄得胡生快活，他未必不像你一般见识，舍得妻子也不见得。』铁生搂着狄氏道：『我那贤惠的娘！说得有理。』一同狄氏进房睡了不题。

却说狄氏虽有了胡生的心，只为铁生性子不好，想道：『他因一时间思量勾搭门氏，高兴中有此痴话。万一做下了事，被他知道了，后边有些嫌忌起来，碍手碍脚，到底不妙。何如只是用些计较，瞒着他做，安安稳稳，快乐不得？』心中算计已定了。一日，胡生又到铁生家饮酒，此日只他两人，并无外客。狄氏在帘内往往来来，示意胡生。胡生心照了，留量不十分吃酒，却把大瓯劝铁生，哄他道：『小弟一向蒙兄长之爱，过于骨肉。兄长俯念拙妻，拙妻也仰慕兄长。小弟乘间下说词说他，已有几分肯了。只要兄看顾小弟，不消说先要兄长做百来个妓者东道请了我，方与兄长图成此事。』铁生道：『得兄长肯赐周全，一千个东道也做。』铁生见说得快活，放开了量，大碗价吃。胡生只把肉麻话哄他吃酒，不多时烂醉了。胡生只做扶他的名头，抱着铁生进帘内来。狄氏正在帘边，他一向不避忌的，就来接手搀扶，铁生已自一些不知。胡生把嘴唇向狄氏脸上做要亲的模样，狄氏就把脚尖儿勾他的脚，声唤使婢艳雪、卿云两人来扶了家主进去。刚剩得胡生、狄氏在帘内，胡生便抱住不放，狄氏也转身来回抱。胡生就求欢道：『渴慕极矣，今日得谐天上之乐，三生之缘也。』狄氏道：『妾久有意，不必多言。』褪下裤来，就在堂中椅上坐了，跷起双脚，任胡生云雨起来。可笑铁生心贪胡妻，反被胡生先淫了妻子。正是：

舍却家常慕友妻，谁知背地已偷期？
卖了馄饨买面吃，恁样心肠痴不痴！

胡生风流在行，放出手段，尽意舞弄。狄氏欢喜无尽，叮嘱胡生：『不可泄漏！』胡生道：『多谢尊嫂不弃小生，赐与欢会。却是尊兄许我多时，就知道了也不妨碍。』狄氏道：『拙夫因贪贤闻，故有此话。虽是好色心重，却是性刚心直，不可惹他！只好用计赚他，私图快活，方为长便。』胡生道：『如何用计？』狄氏道：『他是个酒色行中人。你访得有甚名妓，牵他去吃酒嫖宿，等他不归来，我与你就好通宵取乐了。』胡生道：『这见识极有理，他方才欲营勾我妻，许我妓馆中一百个东道，我就借此机会，撺唆一两个好妓者绊住了他，不怕他不留恋。只是怎得许多缠头之费供给他？』狄氏道：『这个多在我身上。』胡生道：『若得尊嫂如此留心，小生拼尽着性命陪尊嫂取乐。』两个计议定了，各自散去。

元来胡家贫，铁家富，所以铁生把酒食结识胡生，胡生一面奉承，怎知反着其手？铁生家道虽富，因为花酒面上费得多，把膏腴的产业，逐渐费掉了。又遇狄氏搭上了胡生，终日撺掇他出外取乐，狄氏自与胡生治酒欢会，珍馐备具，日费不赀。狄氏喜欢过甚，毫不吝惜，只乘着铁生急迫，就与胡生内外撺哄他，把产业贱卖了。狄氏又把价钱藏起些，私下奉养胡生。胡生访得有名妓，就引着铁生去入马，置酒留连，日夜不归。狄氏又将平日所藏之物，时时寄些与丈夫，为酒食犒赏之助。只要他不归来，便与胡生畅情作乐。

铁生道是妻贤不妒，越加放肆，自谓得意。有两日归来，狄氏见了千欢万喜，毫无嗔妒之意。铁生感激不胜，梦里也道妻子是个好人。有一日，正安排了酒果，要与胡生享用，恰遇铁生归来，见了说道：『为何置酒？』狄氏道：『晓得你今日归来，恐怕寂寞，故设此等待，已着人去邀胡生来陪你了。』铁生道：『知我心者，我妻也。』须臾胡生果来，铁生又与尽欢，商量的只是行院门中说话，有时醉了，又挑着门氏的话。胡生道：『你如今有此等名姬相交，何必还顾此糟糠之质？果然不嫌丑陋，到底设法上你手罢了。』铁生感谢不尽，却是口里虽如此说，终日被胡生哄到妓家醉梦不醒，弄得他眼花瞭乱，也那有闲日子去与门氏做绰趣工夫？

胡生与狄氏却打得火一般热，一夜也间不的。碍着铁生在家，须不方便。胡生又有一个吃酒易醉的方，私下传授了狄氏，做下了酒。不上十来杯，便大醉软摊，只思睡去。自有了此方，铁生就是在家，或与狄氏，或与胡生吃不多几杯，已自颓然在旁。胡生就出来与狄氏换了酒，终夕笑语淫戏，铁生竟是不觉得。有番把归来时，撞着胡生狄氏正在欢饮，胡生虽悄地避过，杯盘狼藉，收拾不迭。铁生问起，狄氏只说是某亲眷到来留着吃饭，怕你来强酒，吃不过，逃去了。铁生便就不问。只因前日狄氏说了不肯交兑的话，信以为实，道是个心性贞洁的人。那胡生又狎昵奉承，惟恐不及，终日陪嫖妓，陪吃酒的，一发那里疑心着？况且两个有心人算一个无心人，使婢又做了脚，便有些小形迹，也都遮饰过了。到底外认胡生为良朋，内认狄氏为贤妻，迷而不悟。街坊上人知道此事的渐渐多了，编着一只《奋调山坡羊》来嘲他道：

那风月场，那一个不爱？只是自有了娇妻，也落得个自在。又何须终日去乱走胡行，反把个贴肉的人儿，送别人还债？你要把别家的，一手擎来，谁知在家的，把你双手托开！果然是籴（狄）的倒先籴了，你曾见他那门儿安在？割猫儿尾拌着猫饭来，也落得与人用了些不疼的

家财。乖乖！这样贪花，只弄得折本消灾。乖乖！这场交易，不做得公道生涯。

却说铁生终日耽于酒色，如醉如梦，过了日子，不觉身子淘出病来，起床不得，眠卧在家。胡生自觉有些不便，不敢往来。狄氏通知他道：『丈夫是不起床的，亦且使婢们做眼的多，只管放心来走，自不妨事。』胡生得了这个消息，竟自别无顾忌，出入自擅，惯了脚步，不觉忘怀了，错在床面前走过。铁生忽然看见了，怪问起来道：『胡生如何在里头走出来？』狄氏与两个使婢同声道：『自不曾见人走过，那里甚么胡生？』铁生道：『适才所见，分明是胡生，你们又说没甚人走过，难道病眼模糊，见了鬼了？』狄氏道：『非是见鬼，你心里终日想其妻子，想得极了，故精神恍惚，开眼见他，是个眼花。』

次日，胡生知道了这话，说道：『虽然一时扯谎，哄了他，他后边病好了，必然静想得着，岂不疑心？他既认是鬼，我有道理：真个把鬼来与他看看。等他信实是眼花了，以免日后之疑。』狄氏笑道：『又来调喉，那里得有个鬼？』胡生道：『我今夜乘暗躲在你家后房，落得与你欢乐，明日我妆做一个鬼，走了出去，却不是一举两得。』果然是夜狄氏安顿胡生在别房，却叫两个使婢在床前相伴家主，自推不耐烦伏侍，图在别床安寝，撇了铁生，径与胡生睡了一晚。

明日打听得铁生睡起朦胧，胡生把些靛涂了面孔，将鬓发染红了，用绵裹了两只脚，要走得无声，故意在铁生面前直冲而出。铁生病虚的人，一见大惊，喊道：『有鬼！有鬼！』忙把被遮了头，只是颤。狄氏急忙走来问道：『为何大惊小怪？』铁生哭道：『我说昨日是鬼，今日果然见鬼了。此病凶多吉少，急急请个师巫，替我禳解则个！』

自此一惊，病势渐重。狄氏也有些过意不去，只得去访求法师。其时离原上百里，有一个了卧禅师，号虚谷，戒行为诸山首冠。铁生以礼请至，建忏悔法坛，以祈佛力保佑。是日卧师入定，过时不起，至黄昏始醒。问铁生道：『你上代有个绣衣公么？』铁生道：『就是吾家公公。』卧师又问道：『你朋友中，有个胡生么？』铁生道：『是吾好友。』狄氏见说着胡生，有些心病，也来侧耳听着。卧师道：『适间所见甚奇。』铁生道：『有何奇处？』卧师道：『贫僧初行，见本宅土地，恰遇宅上先祖绣衣公在那里诉冤，道其孙为胡生所害。土地辞是职卑，理不得这事，教绣衣公道：「今日南北二斗会降玉笥峰下，可往诉之，必当得理。」绣衣公邀贫僧同往，到得那里，果然见两个老人。一个着绯，一个着绿，对坐下棋。绣衣公叩头仰诉，老人不应。绣衣公诉之不止。棋罢，方开言道：「福善祸淫，天自有常理。尔是儒家，乃昧自取之理，为无益之求。尔孙不肖，有死之理，但尔为名儒，不宜绝嗣，尔孙可以不死。胡生宣淫败度，妄诱尔孙，不受报于人间，必受罪于阴世。尔且归，胡生自有主者，不必仇他，也不必诉我。」说罢，顾贫僧道：「尔亦有缘，得见吾辈。尔既见此事，尔须与世人说知，也使知祸福不爽。」言讫而去，贫僧定中所见如此。今果有绣衣公与胡生，岂不奇哉！』狄氏听见大惊，没做理会处。铁生也只道胡生诱他嫖荡，故公公诉他，也还不知狄氏有这些缘故。但见说可以不死，是有命的，把心放宽了，病体减动了好些，反是狄氏替胡生耽忧，害出心病来。

不多几时，铁生全愈，胡生腰痛起来。旬日之内，痈疽大发。医者道：『是酒色过度，水竭无救。』铁生日日直进卧内问病，一向通家，也不避忌。门氏在他床边伏侍，遮遮掩掩，见铁生日常周济他家的，心中带些感激，渐渐交通说话，眉来眼去。铁生出于久慕，得此机会，老大撩拨。调得情热，背了胡生眼后，两人已自搭上了。铁生从来心愿，赔

了妻子多时，至此方才勾帐。正是：

一报还一报，皇天不可欺。
向来打交易，正本在斯时。

门氏与铁生成了此事，也似狄氏与胡生起初一般的如胶似漆，晓得胡生命在旦夕，到底没有好的日子了，两人恩山义海，要做到头夫妻。铁生对门氏道：『我妻甚贤，前日尚许我接你来，帮衬我成好事。而今若得娶你同去相处，是绝妙的了。』门氏冷笑了一声道：『如此肯帮衬人，所以自家也会帮衬。』铁生道：『他如何自家帮衬？』门氏道：『他与我丈夫往来已久，晚间时常不在我家里睡。但看你出外，就到你家去了。你难道一些不知？』铁生方才如梦初觉，如醉方醒，晓得胡生骗着他，所以卧师入定，先祖有此诉。今日得门氏上手，也是果报。对门氏道：『我前日眼里亲看见，却被他们把鬼话遮掩了。今日若非娘子说出，到底被他两人瞒过。』门氏道：『切不可到你家说破，怕你家的怪我。』铁生道：『我既有了你，可以释恨。况且你丈夫将危了，我还家去张扬做甚么？』悄悄别了门氏，回家里来，且自隐忍不言。

不两日，胡生死了。铁生吊罢归家，狄氏念着旧情，心中哀痛，不觉掉下泪来。铁生此时有心看人的了，有甚么看不出？冷笑道：『此泪从何而来？』狄氏一时无言。铁生道：『我已尽知，不必瞒了。』狄氏紫涨了面皮，强口道：『是你相好往来的死了，不觉感叹堕泪，有甚么知不知？瞒不瞒？』铁生道：『不必口强！我在外面宿时，他何曾在自家家里宿？你何曾独自宿了？我前日病时亲眼看见的，又是何人？还是你相好往来的死了，故此感叹堕泪。』狄氏见说着真话，不敢分辩，默默不乐。又且想念胡生，阖眼就见他平日模样。恹恹成病，饮食不进而死。

死后半年，铁生央媒把门氏娶了过来，做了续弦。铁生与门氏甚是相得，心中想着卧师所言祸福之报，好生警悟，对门氏道：『我只因见你姿色，起了邪心，却被胡生先淫媾了妻子。这是我的花报。胡生与吾妻子背了我淫媾，今日却一时俱死。你归于我，这却是他们的花报。此可为妄想邪淫之戒！先前卧师入定转来，已说破了。我如今悔心已起，家业虽破，还好收拾支撑，我与你安分守己，过日罢了。』铁生就礼拜卧师为师父，受了五戒，戒了邪淫，也再不放门氏出去游荡了。汉沔之间，传将此事出去，晓得果报不虚。卧师又到处把定中所见劝人，变了好些风俗。有诗为证：

江汉之俗，其女好游。
自非文化，谁不可求！
睹色相悦，彼此营勾。
宁知捷足，反占先头？
诱人荡败，自己绸缪。
一朝身去，田土人收。
眼前还报，不爽一筹。
奉劝世人，莫爱风流！

第三十三回

张员外义抚螟蛉子　包龙图智赚合同文

诗曰：

得失枯荣总在天，机关用尽也徒然。
人心不足蛇吞象，世事到头螳捕蝉。
无药可延卿相寿，有钱难买子孙贤。
甘贫守分随缘过，便是逍遥自在仙。

今宣一段话本，叫做《包龙图智赚合同文》。你道这话本出在那里？乃是宋朝汴梁西关外义定坊有个居民刘大，名天祥，娶妻杨氏。兄弟刘二，名天瑞，娶妻张氏。嫡亲数口儿，同家过活，不曾分另。天祥没有儿女，杨氏是个二婚头，初嫁时带个女儿来，俗名叫做『拖油瓶』。天瑞生个孩儿，叫做刘安住。本处有个李社长，生一女儿，名唤定奴，与刘安住同年。因为李社长与刘家交厚，从未生时指腹为婚。刘安住二岁时节，天瑞已与他聘定李家之女了。那杨氏甚不贤惠，又私心要等女儿长大，招个女婿，把家私多分与他。因此妯娌间，时常有些说话的。亏得天祥兄弟和睦，张氏也自顺气，不致生隙。

不想遇着荒歉之岁，六料不收，上司发下明文，着居民分房减口，往他乡外府趁熟。天祥与兄弟商议，便要远行。天瑞道：『哥哥年老，不可他出。待兄弟带领妻儿去走一遭。』天祥依言，便请将李社长来，对他说道：『亲家在此：只因年岁凶歉，难以度日。上司旨意着居民减口，往他乡趁熟。如今我兄弟三口儿，择日远行。我家自来不曾分另，意欲写下两纸合同文书，把应有的庄田物件、房廊屋舍，都写在这文书上。我每各收留下一纸，兄弟一二年回来便罢，若兄弟十年五年不来，其间万一有些好歹，这纸文书便是个老大的证见。特请亲家到来，做个见人，与我每画个字儿。』李社长应承道：『当得，当得。』天祥便取出两张素纸，举笔写道：

东京西关义定坊住人刘天祥，弟刘天瑞，幼侄安住，只为六料不收，奉上司文书分房减口，各处趁熟。弟天瑞自愿挈妻带子，他乡趁熟。一应家私房产，不曾分另。今立合同文书二纸，各收一纸为照。年　月　日。立文书人刘天祥，亲弟刘天瑞。见人李社长。

当下各人画个花押，兄弟二人，每人收了一纸，管待了李社长自别去了。天瑞拣个吉日，收拾行李，辞别兄嫂而行。弟兄两个，皆各流泪。惟有杨氏巴不得他三口出门，甚是得意。有一只《仙吕赏花时》，单道着这事：

两纸合同各自收，一日分离无限忧。辞故里，往他州，只为这黄苗不救，可兀的心去意难留。

且说天瑞带了妻子，一路餐风宿水，无非是：逢桥下马，过渡登舟。不则一日，到了山西潞州高平县下马村。那边正是丰稔年时，诸般买卖好做，就租个富户人家的房子住下了。那个富户张员外，双名秉彝，浑家郭氏。夫妻两口，为人疏财仗义，好善乐施。广有田庄地宅，只是寸男尺女并无，以此心中不满。见了刘家夫妻，为人和气，十分相得。那刘安住年方三岁，张员外见他生得眉清目秀，乖觉聪明，满心欢喜。与浑家商议，要过继他做个螟蛉之子。郭氏心里也正要如此。便央人与天瑞和张氏说道：『张员外看见你家小官人，十二分得意，有心要把他做个过房儿子，通家往来。未知二位意下何如？』天瑞和张氏见富家要过继他的儿子，有甚不像意处？便回答道：『只恐贫寒，不敢仰攀。若蒙员外如此美情，我夫妻两口住在这里，可也增好些

光彩哩。』那人便将此话回复了张员外。张员外夫妻甚是快话，便拣个吉日，过继刘安住来，就叫他做张安住。那张氏与员外，为是同姓，又拜他做了哥哥。自此与天瑞认为郎舅，往来交厚，房钱衣食，都不要他出了。自此将及半年，谁想欢喜未来，烦恼又到，刘家夫妻二口，各各染了疫症，一卧不起。正是：

浓霜偏打无根草，祸来只奔福轻人。

张员外见他夫妻病了，视同骨肉，延医调理，只是有增无减。不上数日，张氏先自死了。天瑞大哭一场，又得张员外买棺殡殓。过了几日，天瑞看看病重，自知不痊，便央人请将张员外来，对他说道：『大恩人在上，小生有句心腹话儿，敢说得么？』员外道：『姐夫，我与你义同骨肉，有甚分付，都在不才身上。决然不负所托，但说何妨。』天瑞道：『小生嫡亲的兄弟两口，当日离家时节，哥哥立了两纸合同文书。哥哥收一纸，小生收一纸，怕有些好歹，以此为证。今日多蒙大恩人另眼相看，谁知命蹇时乖，果然做了他乡之鬼。安住孩儿幼小无知，既承大恩人过继，只望大恩人广修阴德，将孩儿抚养成人长大。把这纸合同文书，分付与他，将我夫妻俩把骨殖埋入祖坟。小生今生不能补报，来生来世情愿做驴做马，报答大恩。是必休迷了孩儿的本姓。』说罢，泪如雨下。张员外也自下泪，满口应承，又将好言安慰他。天瑞就取出文书，与张员外收了。捱至晚间，瞑目而死。张员外又备棺木衣衾，盛殓已毕，将他夫妻两口棺木权埋在祖茔之侧。自此抚养安住，恩同己子。安住渐渐长成，也不与他说知就里，就送他到学堂里读书。安住伶俐聪明，过目成诵。年十余岁，五经子史，无不通晓。又且为人和顺，孝敬二亲。张员外夫妻珍宝也似的待他。每年春秋节令，带他上坟，就叫他拜自己的父母，但不与他说明缘故。

真是光阴似箭，日月如梭。撚指之间，又是一十五年，安住已长成十八岁了。张员外正与郭氏商量要与他说知前事，着他归宗葬父。时遇清明节令，夫妻两口，又带安住上坟。只见安住指着旁边的土堆问员外道：『爹爹年年叫我拜这坟茔，一向不曾问得，不知是我甚么亲眷？乞与孩儿说知。』张员外道：『我儿，我正待要对你说，着你还乡，只恐怕晓得了自己爹爹妈妈，便把我们抚养之恩，都看得冷淡了。你本不姓张，也不是这里人氏。你本姓刘，东京西关义定坊居民刘天瑞之子，你伯父是刘天祥。因为你那里六料不收，分房减口，你父亲母亲带你到这里趁熟。不想你父母双亡，埋葬于此。你父亲临终时节，遗留与我一纸合同文书，应有家私田产，都在这文书上。叫待你成人长大，与你说知就里，着你带这文书去认伯父伯母，就带骨殖去祖坟安葬。儿呀，今日不得不说与你知道。我虽无三年养育之苦，也有十五年抬举之恩，却休忘我夫妻两口儿。』安住闻言，哭倒在地，员外和郭氏叫唤苏醒。

安住又对父母的坟茔，哭拜了一场道：『今日方晓得生身的父母。』就对员外、郭氏道：『禀过爹爹母亲，孩儿既知此事，时刻也迟不得了，乞爹爹把文书付我，须索带了骨殖，往东京走一遭去。埋葬已毕，重来侍奉二亲，未知二亲意下何如？』员外道：『这是行孝的事，我怎好阻当得你？但只愿你早去早回，免使我两口儿悬望。』当下一同回到家中，安住收拾起行装，次日拜别了爹妈。员外就拿出合同文书与安住收了，又叫人启出骨殖来，与他带去。临行，员外又分付道：『休要久恋家乡，忘了我认义父母。』安住道：『孩儿怎肯做知恩不报恩！大事已完，仍到膝下侍养。』三人各各洒泪而别。

安住一路上不敢迟延，早来到东京西关义定坊了。一路问到刘家

门首，只见一个老婆婆站在门前。安住上前唱了个喏道：『有烦妈妈与我通报一声，我姓刘名安住，是刘天瑞的儿子。问得此间是伯父伯母的家里，特来拜认归宗。』只见那婆子一闻此言，便有些变色，就问安住道：『如今二哥二嫂在那里？你既是刘安住，须有合同文字为照。不然，一面不相识的人，如何信得是真？』安住道：『我父母十五年前，死在潞州了。我亏得义父抚养到今。文书自在我行李中。』那婆子道：『则我就是刘大的浑家，既有文书，便是真的了。可把与我，你且站在门外，待我将进去与你伯伯看了，接你进去。』安住道：『不知就是我伯娘，多有得罪。』就打开行李，把文书双手递将送去。杨氏接得，望着里边去了。安住等了半晌不见出来。原来杨氏的女儿已赘过女婿，满心只要把家缘尽数与他，日夜防的是叔、婶、侄儿回来。今见说叔婶俱死，伯侄两个又从不曾识认，可以欺骗得的。当时赚得文书到手，把来紧紧藏在身边暗处，却待等他再来缠时，与他白赖。也是刘安住悔气，合当有事，撞见了他。若是先见了刘天祥，须不到得有此。

再说刘安住等得气叹口渴，鬼影也不见一个，又不好走得进去。正在疑心之际，只见前面走将一个老年的人来，问道：『小哥，你是那里人？为甚事在我门首呆呆站着？』安住道：『你莫非就是我伯伯么？则我便是十五年前父母带了潞州去趁熟的刘安住。』那人道：『如此说起来，你正是我的侄儿。你那合同文书安在？』安住道：『适才伯娘已拿将进去了。』刘天祥满面堆下笑来，携了他的手，来到前厅。安住倒身下拜，天祥道：『孩儿行路劳顿，不须如此。我两口儿年纪老了，真是风中之烛。自你三口儿去后，一十五年，杳无音信。我们兄弟两个，只看你一个人。偌大家私，无人承受，烦恼得我眼也花，耳也聋了。如今幸得孩儿归来，可喜可喜。但不知父母安否？如何不与你同归来看我们一看？』安住扑簌簌泪下，就把父母双亡，义父抚养的事体，从头至尾说一遍。刘天祥也哭了一场，就唤出杨氏来道：『大嫂，侄儿在此见你哩。』杨氏道：『那个侄儿？』天祥道：『就是十五年前去趁熟的刘安住。』杨氏道：『那个是刘安住？这里哨子每极多，大分是见我每有些家私，假装做刘安住来冒认的。他爹娘去时，有合同文书。若有便是真的，如无便是假的。有甚么难见处？』天祥道：『适才孩儿说道，已交付与你了。』杨氏道：『我不曾见。』安住道：『是孩儿亲手交与伯娘的。怎如此说？』天祥道：『大嫂休斗我耍，孩儿说你拿了他的。』杨氏只是摇头，不肯承认。天祥又问安住道：『这文书委实在那里？你可实说。』安住道：『孩儿怎敢有欺？委实是伯娘拿了。人心天理，怎好赖得？』杨氏骂道：『这个说谎的小弟子孩儿，我几曾见那文书来？』天祥道：『大嫂休要斗气，你果然拿了，与我一看何妨？』杨氏大怒道：『这老子也好糊涂！我与你夫妻之情，倒信不过；一个铁幕生的人，倒并不疑心。这纸文书我要他糊窗儿？有何用处？若果侄儿来，我也欢喜，如何肯揞留他的？这花子故意来捏舌，哄骗我们的家私哩。』安住道：『伯伯，你孩儿情愿不要家财，只要傍着祖坟上，埋葬了我父母这两把骨殖，我便仍到潞州去了。你孩儿须自有安身立命之处。』杨氏道：『谁听你这花言巧语？』当下提起一条杆棒，望着安住劈头劈脸打将过来，早把他头儿打破了，鲜血进流。天祥虽在旁边解劝，喊道：『且问个明白！』却是自己又不认得侄儿，见浑家抵死不认，不知是假是真，好生委决不下，只得由他。那杨氏将安住叉出前门，把门闭了。正是：

黑蟒口中舌，黄峰尾上针。
两般犹未毒，最毒妇人心。

刘安住气倒在地多时，渐渐苏醒转来，对着父母的遗骸，放声大哭。又道：『伯娘，你直下得如此狠毒！』正哭之时，只见前面又走过一个人来，问道：『小哥，你那里人？为甚事在此啼哭？』安住道：『我便是十五年前随父母去趁熟的刘安住。』那人见说，吃了一惊，仔细相了一相，问道：『谁人打破你的头来？』安住道：『这不干我伯父事，是伯娘不肯认我，拿了我的合同文书，抵死赖了，又打破了我的头。』那人道：『我非别人，就是李社长。这等说起来，你是我的女婿。你且把十五年来的事情，细细与我说一遍，待我与你做主。』安住见说是丈人，恭恭敬敬，唱了个喏，哭告道：『岳父听禀：当初父母同安住趁熟，到山西潞州高平县下马村张秉彝员外家店房中安下，父母染病双亡。张员外认我为义子，抬举的成人长大，我如今十八岁了，义父才与我说知就里。因此担着我父母两把骨殖来认伯伯，谁想伯娘将合同文书赚的去了，又打破了我的头。这等冤枉那里去告诉？』说罢，泪如涌泉。李社长气得面皮紫胀，又问安住道：『那纸合同文书，既被赚去，你可记得么？』安住道：『记得。』李社长道：『你且背来我听。』安住从头念了一遍，一字无差。李社长道：『果是我的女婿，再不消说。这虔婆好生无理！我如今敲进刘家去，说得他转便罢，说不转时，现今开封府府尹是包龙图相公，十分聪察，我与你同告状去，不怕不断还你的家私。』安住道：『全凭岳父主张。』李社长当时敲进刘天祥的门，对他夫妻两个道：『亲翁亲母，什么道理，亲侄儿回来，如何不肯认他，反把他头儿都打破了？』杨氏道：『这个社长，你不知他是诈骗人的，故来我家里打浑。他既是我家侄儿，当初曾有合同文书，有你画的字。若有那文书时，便是刘安住。』李社长道：『他说是你赚来藏过了，如何白赖？』杨氏道：『这社长也好笑，我何曾见他的？却是指贼的一般。别人家的事情，谁要你多管！』当下又举起杆棒要打安住。李社长恐怕打坏了女婿，挺身拦住，领了他出来道：『这虔婆使这般的狠毒见识！难道不认就罢了？不到得和你干休！贤婿不要烦恼，且带了父母的骨殖和这行囊，到我家中将息一晚。明日到开封府进状。』安住从命，随了岳丈一路到李家来。李社长又引他拜见了丈母，安排酒饭管待他，又与他包了头，用药敷治。

次日侵晨，李社长写了状词，同女婿到开封府来。等了一会，龙图已升堂了，但见：

冬冬衙鼓响，公吏两边排。
阎王生死殿，东岳吓魂台。

李社长和刘安住当堂叫屈，包龙图接了状词。看毕，先叫李社长上去，问了情由。李社长从头说了。包龙图道：『莫非是你包揽官司，唆教他的？』李社长道：『他是小人的女婿，文书上元有小人花押，怜他幼稚含冤，故此与他申诉。怎敢欺得青天爷爷！』包龙图道：『你曾认得女婿么？』李社长道：『他自三岁离乡，今日方归，不曾认得。』包龙图道：『既不认得，又失了合同文书，你如何信得他是真？』李社长道：『这文书除了刘家兄弟和小人，并无一人看见。他如今从前至后背来，不差一字，岂不是个老大的证见？』包龙图又唤刘安住起来，问其情由。安住也一一说了。又验了他的伤。问道：『莫非你果不是刘家之子，借此来行拐骗的么？』安住道：『老爷，天下事是假难真，如何做得这没影的事体？况且小人的义父张秉彝广有田宅，也够小人一生受用了。小人原说过情愿不分伯父的家私，只要把父母的骨殖葬在祖坟，便仍到潞州义父处去居住。望爷爷青天详察。』包龙图

初刻拍案惊奇

见他两人说得有理，就批准了状词，随即拘唤刘天祥夫妇同来。

包龙图叫刘天祥上前，问道：『你是个一家之主，如何没些主意，全听妻言？你且说那小厮，果是你的侄儿不是？』天祥道，『爷爷，小人自来不曾认得侄儿，全凭着合同为证。如今这小厮抵死说是有的，妻子又抵死说没有，小人又没有背后眼睛，为此委决不下。』包龙图又叫杨氏起来，再三盘问，只是推说不曾看见。包龙图就对安住道：『你伯父伯娘如此无情，我如今听凭你着实打他，且消你这口怨气！』安住恻然下泪道：『这个使不得！我父亲尚是他的兄弟，岂有侄儿打伯父之理？小人本为认亲葬父、行孝而来，又非是争财竞产，若是要小人做此逆伦之事，至死不敢。』包龙图听了这一遍说话，心下已有几分明白。有诗为证：

包老神明称绝伦，就中曲直岂难分？
当堂不肯施刑罚，亲者原来只是亲。

当下又问了杨氏几句，假意道：『那小厮果是个拐骗的，情理难容。你夫妻们和李某且各回家去，把这厮下在牢中，改日严刑审问。』刘天祥等三人，叩头而出。安住自到狱中去了。杨氏暗暗地欢喜，李社长和安住俱各怀着鬼胎，疑心道：『包爷向称神明，如何今日倒把原告监禁？』

却说包龙图密地分付牢子每，不许难为刘安住；又分付衙门中人张扬出去，只说安住破伤风发，不久待死。又着人往潞州取将张秉彝来。不则一日，张秉彝到了。包龙图问了他备细，心下大明。就叫他牢门首见了安住，用好言安慰他。次日，签了听审的牌，又密嘱咐牢子每临审时如此如此。随即将一行人拘到。包龙图叫张秉彝与杨氏对辩。杨氏只是硬争，不肯放松一句。包龙图便叫监中取出刘安往来，只见牢子回说道：『病重垂死，行动不得。』当下李社长见了张秉彝，问明缘故不差，又忿气与杨氏争辩了一会。又见牢子们来报道：『刘安住病重死了。』那杨氏不知利害，听见说是『死了』，便道：『真死了，却谢天地，倒免了我家一累！』包爷分付道：『刘安住得何病而死？快叫仵作人相视了回话。』仵作人相了，回说，『相得死尸，约年十八岁，太阳穴为他物所伤致死，四周有青紫痕可验。』包龙图道：『如今却怎么处？倒弄做个人命事，一发重大了。兀那杨氏！那小厮是你甚么人？可与你关甚亲么？』杨氏道：『爷爷，其实不关甚亲。』包爷道：『若是关亲时节，你是大，他是小，纵然打伤身死，不过是误杀子孙，不致偿命，只罚些铜纳赎。既是不关亲，你岂不闻得「杀人偿命，欠债还钱」？他是各白世人，你不认他罢了，拿甚么器仗打破他头，做了破伤风身死。律上说：「殴打平人因而致死者抵命。」左右，可将枷来，枷了这婆子，下在死囚牢里。交秋处决，偿这小厮的命。』只见两边如狼

似虎的公人，暴雷也似答应一声，就抬过一面枷来，唬得杨氏面如土色，只得喊道：『爷爷，他是小妇人的侄儿。』包龙图道：『既是你侄儿，有何凭据？』杨氏道：『现有合同文书为照。』当下身边摸出文书，递与包公看了。正是：

本说的丁一卯二，生扭做差三错四。
略用些小小机关，早赚出合同文字。

包龙图看毕，又对杨氏道：『刘安住既是你的侄儿，我如今着人抬他的尸首出来，你须领去埋葬，不可推却。』杨氏道：『小妇人情愿殡葬侄儿。』包龙图便叫监中取出刘安住来，对他说道：『刘安住，早被我赚出合同文字来也！』安住叩头谢道：『若非青天老爷，真是屈杀小人！』杨氏抬头看时，只见容颜如旧，连打破的头都好了。满面羞惭，无言抵对。包龙图遂提笔判曰：

刘安住行孝，张秉彝施仁，都是罕有，俱各旌表门闾。李社长着女夫择日成婚。其刘天瑞夫妻骨殖，准葬祖茔之侧。刘天祥朦胧不明，念其年老免罪。妻杨氏本当重罪，罚铜准赎。杨氏赘婿，原非刘门瓜葛，即时逐出，不得侵占家私！

判毕，发放一干人犯，各自还家。众人叩头而出。

张员外写了通家名帖，拜了刘天祥、李社长，先回潞州去了。刘天祥到家，将杨氏埋怨一场，就同侄儿将兄弟骨殖埋在祖茔已毕。李社长择个吉日，赘女婿过门成婚。一月之后，夫妻两口，同到潞州，拜了张员外和郭氏。已后刘安住出仕贵显，刘天祥、张员外俱各无嗣，两姓的家私，都是刘安住一人承当。可见荣枯分定，不可强求。况且骨肉之间，如此昧己瞒心，最伤元气。所以宣这个话本，奉戒世人，切不可为着区区财产，伤了天性之恩。有诗为证：

螟蛉义父犹施德，骨肉天亲反弄奸。
日后方知前数定，何如休要用机关。

第三十四回

闻人生野战翠浮庵　静观尼昼锦黄沙巷

诗云：

酒不醉人人自醉，色不迷人人自迷。
不是三生应判与，直须慧剑断邪思。

话说世间齐眉结发，多是三生分定，尽有那挥金霍玉，百计千方图谋成就的，到底却捉个空。有那一贫如洗，家徒四壁，似司马相如的，分定时，不要说寻媒下聘与那见面交谈，便是殊俗异类，素昧平生，意想所不到的，却得成了配偶。自古道：『姻缘本是前生定，曾向蟠桃会里来』。见得此一事，非同小可。只看从古至今，有那昆仑奴、黄衫客、许虞候，那一班惊天动地的好汉，也只为从险阻艰难中成全了几对儿夫妇，直教万古流传。奈何平人见个美貌女子，便待偷鸡吊狗，滚热了又妄想永远做夫妻。奇奇怪怪，用尽机谋，讨得些寡便宜，枉玷辱人家门风。直到弄将出来，十个九个死无葬身之地。说话的，依你如此说，怎么今世上也有偷期的倒成了正果？也有奸骗的到底无事，怎见得便个个死于非命？看官听说，你却不知：『一饮一啄，莫非前定。』夫妻自不必说，就是些闲花野草，也只是前世的缘分。假如偷期的成了正果，前缘凑着，自然配合；奸骗的保身没事，前缘偿了，便可收心。为此也有这一辈，自与那痴迷不转头送了性命的不同。

而今有一个女妆为男，偷期后得成正果的话。洪熙年间，湖州府东门外有一儒家，姓杨，老儿亡故，一个妈妈同着小儿子并一个女儿过活。那女儿年方一十二岁，一貌如花，且是聪明。单只从小的三好两歉，有些小病。老妈妈没一处不想到，只要保佑他长大，随你甚么事也去做了。忽一日，妈妈和女儿正在那里做绣作，只见一个尼姑步将进来，妈妈欢喜接待。元来那尼姑，是杭州翠浮庵的观主，与杨妈妈来往有年。那尼姑也是个花嘴骗舌之人，平素只贪些风月，庵里收拾下两个后生徒弟，多是通同与他做些不伶俐勾当的。那时将了一包南枣，一瓶秋茶，一盘白果，一盘栗子，到杨妈妈家来探望。叙了几句寒温，那尼姑看杨家女儿时，生得如何：

体态轻盈，丰姿旖旎。白似梨花带雨，娇如桃瓣随风。缓步轻移，裙拖下露两竿新笋；含羞欲语，领缘上动一点朱樱。直饶封涉不生心，便是鲁男须动念。

尼姑见了，问道：『姑娘今年尊庚多少？』妈妈答道：『十二岁了，诸事倒多伶俐，只有一件没奈何处：因他身子怯弱，动不动三病四痛，老身恨不得把身子替了他。为这一件上，常是受怕担忧。』尼姑道：『妈妈，可也曾许个愿心保禳保禳么？』妈妈道；『咳！那一件不做过？求神拜佛，许愿祷告，只是不能脱身。不知是什么晦气星进了命，再也退不去！』尼姑道：『这多是命中带来的。请把姑娘八字与小尼推一推看。』妈妈道：『师父元来又会算命，一向不得知。』便将女儿年月日时，对他说了。尼姑做张做智，算了一回，说道：『姑娘这命，只不要在妈妈身伴便好。』妈妈道：『老身虽不舍得他离眼前，今要他病好，也说不得。除非过继到别家去，却又性急里没一个去处。』尼姑道：『姑娘可曾受聘了么？』妈妈道：『不曾。』尼姑道：『姑娘命中犯着孤辰，若许了人家时，这病一发了不得。除非这个着落，方合得姑娘贵造，自然寿命延长，身体旺相。只是妈妈自然舍不得的，不好启齿。』妈妈道：『只要保得没事时，随着那里去何妨？』尼姑道：『妈

妈若割舍得下时，将姑娘送在佛门，做个世外之人，消灾增福，此为上着。』妈妈道：『师父所言甚好，这是佛天面上功德。我虽是不忍抛撇，譬如多病多痛死了，没奈何走了这一着罢。也是前世有缘，得与师父厮熟。倘若不弃，便送小女与师父做个徒弟。』尼姑道：『姑娘是一点福星，若在小庵，佛面上也增多少光辉，实是万分之幸。只是小尼怎做得姑娘的师父？』妈妈道：『休恁地说！只要师父抬举他一分，老身也放心得下。』尼姑道：『妈妈说那里话？姑娘是何等之人，小尼敢怠慢他！小庵虽则贫寒，靠着施主们看觑，身衣口食，不致淡泊，妈妈不必挂心。』妈妈道：『恁地待选个日子，送到庵便了。』妈妈一头看历日，一头不觉簌簌的掉泪。尼姑又劝慰了一番。妈妈拣定日子，留尼姑在家，住了两日，雇只船，叫女儿随了尼姑出家。母子两个抱头大哭一番。

女儿拜别了母亲，同尼姑来到庵里，与众尼相见了，拜了师父，择日与他剃发，取法名叫做静观。自此杨家女儿便在翠浮庵做了尼姑，这多是杨妈妈没主意，有诗为证：

弱质虽然为病磨，无常何必便来拖？
等闲送上空门路，却使他年自择窝。

你道尼姑为甚撺掇杨妈妈叫女儿出家？元来他日常要做些不公不法的事，全要那几个后生标致徒弟做个牵头，引得人动。他见杨家女儿十分颜色，又且妈妈只要保扶他长成，有甚事不依了他？所以他将机就计，以推命做个入话，唆他把女儿送入空门，收他做了徒弟。那时杨家女儿十二岁上，情窦未开，却也不以为意。若是再大几年的，也抵死不从了。自做了尼姑之后，每常或同了师父，或自己一身，到家来看母亲，一年也往来几次。妈妈本是爱惜女儿的，在身边时节，身子略略有些不爽利，一分便认做十分，所以动不动忧愁思虑。离了身畔，便有些小病，却不在眼前，倒省了许多烦恼。又且常见女儿到家，身子健旺；女儿怕娘记挂，口里只说旧病一些不发。为此，那妈妈一发信道该是出家的人，也倒不十分悬念了。

话分两头。却说湖州黄沙巷里有一个秀才，复姓闻人，单名一个嘉字，乃祖贯绍兴。因公公在乌程处馆，超籍过来的。面似潘安，才同子建，年十七岁。堂上有四十岁的母亲，家贫未有妻室。为他少年英俊，又且气质闲雅，风流潇洒，十分在行，朋友中没一个不爱他敬他的。所以时常有人赍助他。至于遨游宴饮，一发罢他不得。但是朋友们相聚，多以闻人生不在为歉。

一日，正是正月中旬天气，梅花盛发。一个后生朋友，唤了一只游船，拉了闻人生往杭州耍子，就便往西溪看梅花。闻人生禀过了母亲同去，一日夜到了杭州。那朋友道：『我们且先往西溪，看了梅花，明日进去。』便叫船家把船撑往西溪。不上个把时辰，到了。泊船在岸，闻人生与那朋友，步行上岸，叫仆从们挑了酒盒，相挈而行。约有半里多路，只见一个松林，多是合抱不交的树。林中隐隐一座庵观，周围一带粉墙包裹，向阳两扇八字墙门，门前一道溪水，甚是僻静。两人走到庵门前闲看，那庵门掩着，里面却像有人窥觑。那朋友道：『好个清幽庵院！我们扣门进去，讨杯茶吃了去，何如？』闻人生道：『还是趁早去看梅花要紧。转来进去不迟。』那朋友道：『有理，有理。』拽开脚步便去，顷刻间走到。两人看梅花时，但见：

烂银一片，碎玉千重。幽馥袭和风，贾午异香还较逊；素光映丽日，西子靓妆应不如。绰约千龙傲冰霜，参差影偏宜风月。骚人题咏安能尽，韵客杯盘何日休？

两人看了，闲玩了一回，便叫将酒盒来开怀畅饮。天色看看晚来，酒已将尽，两人吃个半酣，取路回舟中来。那时天已昏黑，只要走路，也不及进庵中观看，急急下船，过了一夜。次早，松木场上岸不题。

且说那个庵，正是翠浮庵，便是杨家女儿出家之处。那时静观已是十六岁了，更长得仪容绝世，且是性格幽闲。日常有些俗客往来，也有注目看他的，也有言三语四挑拨他的。众尼便嘻笑趋陪，殷勤款送。他只淡淡相看，分毫不放在心上。闲常见众尼每干些勾当，只做不知。闭门静坐，看些古书，写些诗句，再不轻易出来走动。也是机缘凑泊，适才闻人生庵前闲看时，恰好静观偶然出来闲步，在门缝里窥看。只见那闻人生逸致翩翩，有出尘之态。静观注目而视，看得仔细。见闻人生去远了，恨不得赶上去饱看一回。无聊无赖的，只得进房，心下想道：『世间有这般美少年，莫非天仙下降？人生一世，但得恁地一个，便把终身许他，岂不是一对好姻缘？奈我已堕入此中，这事休题了。』叹口气，噙着眼泪。正是：

哑子漫尝黄柏味，难将苦口向人言。

看官听说，但凡出家人，必须四大俱空。自己发得念尽，死心塌地，做个佛门弟子，早夜修持，凡心一点不动，却才算得有功行。若如今世上，小时凭着父母蛮做，动不动许在空门，那晓得起头易，到底难。到得大来，得知了这些情欲滋味，就是强制得来，原非他本心所愿。为此就有那不守分的，污秽了禅堂佛殿，正叫做『作福不如避罪』。奉劝世人再休把自己儿女送上这条路来。

闲话休题，却说闻人生自杭州归来，荏苒间又过了四个多月。那年正是大比之年，闻人生已从道间取得头名，此时正是六月天气，却不甚热，打点束装上杭。他有个姑娘，在杭州关内黄主事家做孤孀，要去他庄上寻间清凉房舍，静坐几时。看了出行的日子，已得朋友们资助了些盘缠，安顿了母亲，雇了只航船，带了家僮阿四，携了书囊前往。才出东门，正行之际，岸上一个小和尚说着湖州的话，叫道：『船是上杭州的么？』船家道：『正是，送一位科举相公上去的。』和尚道：『既如此，可带小僧一带，舟金依例奉上。』船家道：『师父，杭州去做甚么？』和尚道：『我出家在灵隐寺，今到俗家探亲，却要回去。』船家道：『要问舱里相公，我们不敢自主。』只见那阿四便钻出船头，上来嚷道：『这不识时务小秃驴！我家官人正去乡试，要讨彩头，撞将你这一件秃光光不利市的物事来。去便去，不去时，我把水兜豁上一顿水，替你洗洁净了那乱代头。』你道怎地叫做『乱代头』？昔人有嘲消和尚说话道：『此非治世之头，乃乱代之头也。』盖为『乱』『卵』二字音相近。阿四见家主与朋友们戏虐曾说过，故此学得这句话，骂那和尚。和尚道：『载不载，问一声也不冲撞了甚么？何消得如此嚷？』闻人生在舱里听见，推窗看那和尚，且是生得清秀、娇嫩，甚觉可爱，又见说是灵隐寺的和尚，便想道：『灵隐寺去处，山水最胜，我便带了这和尚去，与他做个相知往来，到那里做下处也好。』慌忙出来喝住道：『小厮不要无理！乡里间的师父，既要上杭时，便下船来做伴同去何妨？』也是缘分该是如此，船家得了此话，便把船拢岸。那和尚一见了闻人生，吃了一惊，一头下船，一头瞅着闻人生只顾看。闻人生想道：『我眼里也从不见这般一个美丽长老，容色绝似女人。若使是女身，岂非天姿国色？可惜是个和尚了。』和他施礼罢，进舱里坐定。却值风顺，拽起片帆，船去如飞。

两个在舱中，各问姓名了毕，知是同乡，只说着一样的乡语，一发投机。闻人生见那和尚谈吐雅致，想道：『不是个庸僧。』只见他一双

初刻拍案惊奇

媚眼，不住的把闻人生上下只顾看。天气暴暑，闻人生请他宽了上身单衣，和尚道：『小僧生性不十分畏暑，相公请自便。』看看天晚，吃了些夜饭，闻人生便让和尚洗澡，和尚只推是不消。闻人生洗了澡，已自困倦，捱倒头只寻睡了。阿四也往梢上去自睡。那和尚见人睡静，方灭了火，解衣与闻人生同睡。却自翻来复去，睡不安稳，只自叹气。见闻人生已睡熟，悄悄坐起来，伸只手把他身上摸着。不想正摸着他一件跷尖头、硬笃笃的东西，捏了一把。那时闻人生正醒来，伸个腰，那和尚流水放手，轻轻的睡了倒去。闻人生却已知觉，想道：『这和尚倒来惹骚！恁般一个标致的，想是师父也不饶他，倒是惯家了。我便与他来男风一度也使得，如何肉在口边不吃？』闻人生正是少年高兴的时节，便爬将过来与和尚做了一头。伸将手去摸时，和尚做一团儿睡着，只不做声。闻人生又摸去，只见软团团两只奶儿。闻人生想道：『这小长老，又不肥胖，如何有恁般一对好奶？』再去摸他后庭时，那和尚却像惊怕的，忙翻转身来仰卧着。闻人生却待从前面抄将过去，才下手，却摸着前面高耸耸似馒头般一团肉，却无阳物。闻人生倒吃了一惊，道：『这是怎么说？』问他道：『你实说，是甚么人？』和尚道：『相公不要则声，我身实是女尼。因怕路上不便，假称男僧。』闻人生道：『这等一发有缘，放你不过了。』不问事由，跳上身去。那女尼道：『相公可怜小尼还是个女身，不曾破肉的，从容些则个。』闻人生此时欲火正高，那里还管？无奈那尼姑含花未惯风和雨，怎当闻人生兴发忙施雨与风，只得蹙眉啮齿忍耐。

霎时云收雨散。闻人生道：『小生无故得遇仙姑，知是睡里梦里？须道住止详细，好图后会。』女尼便道：『小尼非是别处人氏，就是湖州东门外杨家之女，为母亲所误，将我送入空门。今在西溪翠浮庵出家，法名静观。那里庵中也有来往的，都是些俗子村夫，没一个看得上眼。今年正月间，正在门首闲步，看见相公在门首站立，仪表非常，便觉神思不定。相慕已久，不想今日不期而会，得谐鱼水，正合夙愿，所以不敢推拒。非小尼之淫贱也，愿相公勿认做萍水相逢，须为我图个终身便好。』闻人生道：『尊翁尊堂还在否？』静观道：『父亲杨某，亡故已久，家中还有母亲与兄弟。昨日看母亲来，不想遇着相公。相公曾娶妻未？』闻人生道：『小生也未有室，今幸遇仙姑，年貌相当，正堪作配。况是同郡儒门之女，岂可埋没于此？须商量个长久见识出来。』静观道：『我身已托于君，必无二心。但今日事体匆忙，一时未有良计。小庵离城不远，且是僻静清凉，相公可到我庵中作寓，早晚可以攻书，自有道者在外打斋，不烦薪水之费，亦且可以相聚。日后相个机会，再作区处。相公意下何如？』闻人生道：『如此甚好，只恐同伴不容。』静观道：『庵中止有一个师父，是四十以内之人，色上且是要紧，两个同伴，多不上二十来年纪，他们多不是清白之人。平日与人来往，尽在我眼里，那有及得你这样仪表？若见了你，定然相爱。你便结识了他们，以便就中取事。只怕你不肯留，那有不留你之事？』闻人生听罢，欢喜无限道：『仙姑高见极明，既恁地来，早到松木场，连我家小厮打发他随船回去。小生与仙姑同往便了。』说了一回，两人搂抱有兴，再讲那欢娱起来。正是：

平生未解到花关，倏到花关骨尽寒。
此际本知真与梦，几回暗里抱头看。

事毕，只听得晨鸡乱唱。静观恐怕被人知觉，连忙披衣起身。船家忙起来行船。阿四也起来伏侍梳洗，吃早饭罢，赶早过了关。阿四问道：『那里歇船？好到黄家去问下处。』闻人生道：『不消得下处了。这

小师父寺中有空房，我们竟到松木场上岸罢。」船到松木场，只说要到灵隐寺，雇了一个脚夫，将行李一担挑了，闻人生分付阿四道：「你可随船回去，对安人说声，不消记念！我只在这师父寺里看书。场毕，我自回来，也不须教人来讨信得。」打发了，看他开了船，闻人生才与静观雇了两乘轿，抬到翠浮庵去。另与脚夫说过，叫他跟来。霎时到了，还了轿钱、脚钱，静观引了闻人生进庵道：「这位相公要在此做下处，过科举的。」

众尼看见，笑脸相迎。把闻人生看了又看，愈加欢爱。殷殷勤勤的，陪过了茶，收拾一间洁净房子，安顿了行李。吃过夜饭，洗了浴。少不得先是庵主起手，快乐一宵。此后这两个你争我夺，轮番伴宿。静观恬然不来兜揽，让他们欢畅，众尼无不感激静观。混了月余，闻人生也自支持不过。他们又将人参汤、香薷饮、莲心、圆眼之类，调浆闻人生，无所不至。闻人生倒好受用。

不觉已是穿针过期，又值七月半，盂兰盆大斋时节。杭州年例，人家做功果，点放河灯。那日还是七月十二日，有一大户人家，差人来庵里，请师父们念经，做功果。庵主应承了，众尼进来商议道：「我们大众去做道场，十三到十五，有三日停留。闻官人在此，须留一个相陪便好。只是忒便宜了他。」只见两尼，你也要住，我也要住，静观只不做声。庵主道：「人家去做功果，我自然推不得，不消说。闻官人原是静观引来的，你两个讨他便宜多了，今日只该着静观在此相陪，也是公道。」众人道：「师父处得有理。」静观暗地欢喜。众尼自去收拾法器经箱，连老道者多往那家去了。

静观送了出门，进来对闻人生道：「此非久恋之所，怎生作个计较便好？今试期日近，若但迷恋于此，不惟攀桂无分，亦且身躯难保。」闻人生道：「我岂不知？只为难舍着你，故此强与众欢，非吾愿也。」静观道：「前日初会你时，非不欲即从你作脱身之计，因为我在家中来，中途不见了，庵主必到我家里要人，所以不便。今既在此多时了，我乘此无人在庵，与你逃去。他们多是与你有染的，心头病怕露出来，料不好追得你。」闻人生道：「不如此说。我是个秀才家，家中况有老母。若同你逃至我家，不但老母惊异，未必相容；亦且你庵中追寻得着，惊动官府，我前程也难保。何况你身子不知作何着落？此事行不得。我意欲待赴试之后，如得一第，娶你不难。」静观道：「就是中了个举人，也没有就娶个尼姑的理。况且万一不中，又却如何？亦非长算。我自出家来，与人写经写疏，得人衬钱，积有百来金。我撇了这里，将了这些东西做盘缠，寻一个寄迹所在。等待你名成了，再从容家去，可不好？」闻人生想一想道：「此言有理，我有姑娘，嫁在这里关内黄乡宦家，今已守寡，极是奉佛。家里庄上造得有小庵，晨昏不断香火。那庵中管烧香点烛的老道姑，就是我的乳母。我如今不免把你此情告知姑娘，领你去放在他家家庵中，托我奶娘相伴着你。他是衙院人家，谁敢来盘问？你好一面留头长发，待我得意之后，以礼成婚，岂不妙哉？倘若不中，也等那时发长，便到处无碍了。」静观道：「这个却好，事不宜迟，作急就去。若三日之后，便做不成了。」

当下闻人生就奔至姑娘家去，见了姑娘。姑娘道罢寒温，问道：「我久在此望你该来科举了，如何今日才来？有下处也未曾？」闻人生道：「好叫姑娘得知，小侄因为寻下处，做出一件事头来，特求姑娘周全则个。」姑娘道：「何事？」闻人生造个谎道：「小侄那里有一个业师杨某，亡故乡时，他只有一女，幼年间就与小侄相认。后来被个尼姑拐了去，不知所向。今小侄贪静寻下处，在这里西溪地方，却在

翠浮庵里撞着了他，且是生得人物十全了。他心不愿出家，情愿跟着小侄去。也是前世姻缘，又是故人之女，推却不得。但小侄在此科举，怕惹出事来；若带他家去，又是个光头不便；欲待当官告理，场前没闲工夫，亦且没有闲使用。我想姑娘此处有个家庵，是小侄奶子在里头管香火，小侄意欲送他来到姑娘庵里头暂住。就是万一他那里晓得了，不过在女眷人家香火庵里，不为大害。若是到底无人跟寻，小侄待乡试已毕，意欲与他完成这段姻缘，望姑娘作成则个。」姑娘笑道：「你寻着了个陈妙常，也来求我姑娘了。既是你师长之女，怪你不得。你既有意要成就，也不好叫他在庵里住。你与他多是少年心性，若要往来，恐怕玷污了我佛地。我庄中自有静室，我收拾与他住下，叫他长起发来。我自叫丫鬟伏侍，你亦可以长来相处。若是晚来无人，叫你奶子伴宿，此为两便。」闻人生道：「若得如此，姑娘再造之恩，小侄就去领他来拜见姑娘了。」

别了出门，就在门外叫了一乘轿，竟到翠浮庵里。进庵与静观说了适才姑娘的话。静观大喜，连忙收拾，将自己所有，尽皆检了出来。闻人生道：「我只把你藏过了，等他们来家，我不妨仍旧再来走走，使他们不疑心着我。我的行李且未要带去。」静观道：「敢是你与他们业根未断么？」闻人生道：「我专心为你，岂复有他恋？只要做得没个痕迹，如金蝉脱壳方妙。若他坐定道是我，无得可疑了，正是科场前利害头上，万一被他们官司绊住，不得入试，怎好？」静观道：「我平时常独自一个家去的，他们问时，你只推偶然不在，不知我那里去了，支吾着他。他定然疑心我是到娘家去，未必追寻。到得后来，晓得不在娘家，你场事已毕了，我与你别作计较。离了此地，你是隔府人，他那里来寻你？寻着了，也只索白赖。」

计议已定，静观就上了轿。闻人生把庵门掩上，随着步行，竟到姑娘家来。姑娘一见静观，青头白脸，桃花般的两颊，吹弹得破的皮肉，心里也十分喜欢，笑道：「怪道我家侄儿看上了你！你只在庄上内房里住，此处再无外人敢上门的，只管放心。」对闻人生道：「我庄上房中，你亦可同住。但若竟住在此，恐怕有人跟寻得出，反为不美。况且要进场，还须别寻下处。」闻人生道：「姑娘见得极是，小侄只可暂来。」从此，静观只在姑娘庄里住。闻人生是夜也就同房宿了，明日别了去，另寻下处，不题。

却说翠浮庵三个尼姑，作了三日功果回来。到得庵前，只见庵门虚掩的。走将进去，静悄悄不见一人，惊疑道：「多在何处去了？」他们心上要紧的是闻人生，静观倒是第二。着急到闻人生房里去看，行李书箱都在，心里又放下好些。只不见了静观，房里又收拾的干干净净，不知甚么缘故？正委决不下，只见闻人生踱将进来。众尼笑逐颜开道：「来了！来了！」庵主一把抱住，且不及问静观的说话，笑道：「隔别三日，心痒难熬。今且到房中一乐。」也不顾这两个小尼口馋，径自去做事了，闻人生只得勉强奉承，酣畅一度，才问道：「你同静观在此，他那里去了？」闻人生道：「昨日我到城中去了一日，天晚了，来不及，在朋友家宿了。直到今日来不知他那里去了。」众尼道：「想是见你去了，独自一个没情绪，自回湖州去了。他在此独受用了两日，也该让让我们，等他去去再处。」因贪着闻人生快乐，把静观的事倒丢在一边了。谁知闻人生的心，却不在此处。鬼混了两三日，推道要到场前寻下处。众尼不好阻得，把行李挑了去。众尼千约万约道：「得空原到这里来住。」闻人生满口应承，自去了。

庵主过了几日，不见静观消耗，放心不下，叫人到杨妈妈家问

问。说是不曾回家，吃了一惊。恐怕杨妈妈来着急，倒不敢声张，只好密密探听。又见闻人生一去不来，心里方才有些疑惑。待要去寻他盘问，却不曾问得下处明白，只得忍耐着，指望他场后还来。只见三场已毕，又等了几日。闻人生脚影也不见来。元来闻人生场中甚是得意，出场来竟到姑娘庄上，与静观一处了，那里还想着翠浮庵中？庵主与二尼，望不见到，恨道：『天下有这样薄情的人！静观未必不是他拐去了。不然便是这样不来，也没解说。』思量要把拐骗来告他，有碍着自家多洗不清，怕惹出祸来。正商量到场前寻他，或是问到他湖州家里去吵他，终是女人辈，未有定见，却又撞出一场巧事来。

说话间，忽然门外有人敲门得紧，众尼多心疑道：『敢是闻人生来也？』齐走出来，开了门看，只见一乘大轿，三四乘小轿，多在门首歇着。敲门的家人报道：『安人到此。』庵主却认得是下路来的某安人，慌忙迎接。只见大轿里安人走出来，旁边三四个养娘出轿来，拥着进庵。坐定了，寒温过，献茶已毕，安人打发家人们：『到船上侯候。我在此过午下船。』家人们各去了。安人走进庵主房中来。安人道：『自从我家主亡过，我就不曾来此，已三年了。』庵主道：『安人今日贵脚踏贱地，想是完了孝服才来烧香的。』安人道：『正是。』庵主道：『如此秋光，正好闲耍。』安人叹了一口气道：『有甚心情游耍？』庵主有些瞧科，挑他道：『敢是为没有了老爹，冷静了些？』安人起身把门掩上，对庵主道：『我一向把心腹待你，你不要见外。我和你说句知心话：你方才说我冷静，我想我止隔得三年，尚且心情不奈烦，何况你们终身独守，如何过了？』庵主道：『谁说我们独守？不瞒安人说，全亏得有个把主儿相伴一相伴。不然冷落死了，如何熬得？』安人道：『你如今见有何人？』庵主道：『有个心上妙人，在这里科举的小秀才。这两日一去不来，正在此设计商量。』安人道：『你且丢着此事，我有一件好事作成你。你尽心与我做着，管教你快活。』庵主道：『何事？』安人道：『我前日在昭庆寺中进香，下房头安歇。这房头有个未净头的小和尚，生得标致异常。我瞒你不得，其实隔绝此事多时，忍不住动火起来。因他上来送茶，他自道年幼不避忌，软嘴塌舌，甚是可爱。我一时迷了，遣开了人，抱他上床要试他做做此事看。谁知这小厮深知滋味，比着大人家更是雄健。我实是心吊在他身上，舍不得他了。我想了一夜，我要带他家去，须知我是个寡居，要防生人眼，恐怕坏了名声。亦且拘拘束束，躲躲闪闪，怎能勾像意？我今与师父商量，把他来师父这里净了头，他面貌娇嫩，只认做尼姑。我归去后，师父带了他，竟到我家来，说是师徒两个来投我。我供养在家里庵中，连我合家人，只认做你的女徒，我便好像意做事，不是神鬼不知的？所以今日特地到此，要你做这大事。你若依得，你也落得些快活。有了此人，随你心上人也放得下了。』庵主道：『安人高见妙策，只是小尼也沾沾手，恐怕安人吃醋。』安人道：『我要你帮衬做事，怎好自相妒忌？到得家里，我还要牵你来做了一床，等外人永不疑心，方才是妙哩。』庵主道：『我的知心的安人！这等说，我死也替你去。我这里三个徒弟，前日不见了一个小的。今恰好把来抵补，一发好瞒生人。只是如何得他到这里来？』安人道：『我约定他在此。他许我背了师父，随我去的，敢就来也？』

正说之间，只见一个小尼敲门进房来道：『外边一个挽头小伙子，在那里问安人。』安人忙道：『是了，快唤他进来！』只见那小伙望内就走，两个小尼见他生得标致，个个眉花眼笑。安人见了，点点头叫他进来。他见了庵主，作个揖。庵主一眼不霎，估定了看他。安

人拽他手过来，问庵主道：『我说的如何？』庵主道：『我眼花了，见了善财童子，身子多软摊了。』安人笑将起来。庵主且到灶下看斋，就把这些话与两个小尼说了。小尼多咬着指头道：『有此妙事！』庵主道：『我多分随他去了。』小尼道：『师父撇了我们，自去受用。』庵主道：『这是天赐我的衣食，你们在此，料也不空过。』大家笑耍了一回。庵主复进房中。只见安人搂着小伙，正在那里说话。见了庵主，忙在扶手匣里取出十两一包银子来，与他道：『只此为定，我今留此子在此，我自开船先去了。十日之内，望你两人到我家来，千万勿误！』安人又叮嘱那小伙几句话，出到堂屋里，吃了斋，自上轿去了。

庵主送了出去，关上大门进来见了小伙，真是黑夜里拾得一颗明珠，且来搂他去亲嘴。弄了一度，喜不可言。对他道：『今后我与某安人合用的了，只这几夜，且让让我着。』事毕，就取剃刀来与他落了发，仔细看一看，笑道：『也倒与静观差不多，到那里少不得要个法名，仍叫做静观罢。』是夜同庵主一床睡了，极得两个小尼姑咽干了唾沫。明日收拾了，叫个船，竟到下路去，分付两个小尼道：『你们且守在此，我到那里看光景若好，捎个信与你们。毕竟不来，随你们散伙家去罢。杨家有人来问，只说静观随师父下路人家去了。』两尼也巴不得师父去了，大家散伙，连声答应道：『都理会得。』从此，老尼与小伙同下船来，人面前认为师弟，晚夕上只做夫妻。

不多几日，到了那一家，充做尼姑，进庵住好。安人不时请师徒进房留宿，常是三个做一床。尼姑又教安人许多取乐方法，三个人只多得一颗头，尽兴淫恣。那少年男子，不敌两个中年老阴，几年之间，得病而死。安人哀伤郁闷，也不久亡故。老尼被那家寻他事故，告了他偷盗，监了追赃，死于狱中。这是后话。

且说翠浮庵自从庵主去后，静观的事一发无人提起，安安稳稳，住在庄上。只见揭了晓，闻人生已中了经魁，喜喜欢欢，来见姑娘。又私下与静观相见，各各快乐。自此，日里在城中，完这些新中式的世事。晚上到姑娘庄上，与静观歇宿，密地叫人去翠浮庵打听。已知庵主他往，两小尼各归俗家去了，庵中空锁在那里。回复了静观，掉下了老大一个疙瘩。闻人生事体已完，想要归湖州，来与姑娘商议：『静观发未长，娶回不得，仍留在姑娘这里。待我去会试再处。』静观又嘱付道：『连我母亲处，也未可使他知道。我出家是他的主意，如何蓦地还俗？且待我头发长了，与你双归，他才拗不得。』闻人生道：『多是有见识的话。』别了荣归。拜过母亲，把静观的事，并不提起。

到得十月尽边，要去会试，来见姑娘。此时静观头发开肩，可以梳得个假鬓了。闻人生意欲带他去会试，姑娘劝道：『我看此女德性温淑，堪为你配。既要做正经婚姻，岂可仍复私下带来带去，不像事体。仍留我庄上住下，等你会试得意荣归，他发已尽长。此时只认是我的继女，迎归花烛，岂不正气！』闻人生见姑娘说出一段大道理话，只得忍情与静观别了。进京会试。果然一举成名，中了二甲，礼部观政。《同年录》上先刻了『聘杨氏』，就起一本『给假归娶』，奉旨：准给花红表礼，以备喜筵。

驰驿还家，拜过母亲。母亲闻知归娶，问道：『你自幼未曾聘定，今娶何人？』闻人生道：『好教母亲得知，孩儿在杭州，姑娘家有个继女许下孩儿了。』母亲道：『为何我不曾见说？』闻人生道：『母亲日后自知。』选个吉日，结起彩船，花红鼓乐，竟到杭州关内黄家来。拜了姑娘，说了奉旨归娶的话。姑娘大喜道：『我前者见识，如

何？今日何等光采！』先与静观相见了，执手各道别情。静观此时已是内家装扮了，又道黄夫人待他许多好处，已自认义为干娘了。黄夫人亲自与他插戴了，送上彩轿，下了船。船中赶好日，结了花烛。正是：

红罗帐里，依然两个新人；
锦披窝中，各出一般旧物。

到家里，齐齐拜见了母亲。母亲见媳妇生得标致，心下喜欢。又见他是湖州声口，问道：『既是杭州娶来，如何说这里的话？』闻人生方把杨家女儿错出了家，从头至尾的事，说了一遍。母亲方才明白。

次日闻人生同了静观竟到杨家来。先拿子婿的帖子与丈母，又一内弟的帖与小舅。杨妈只道是错了，再四不收。女儿只得先自走将进来，叫一声『娘！』妈妈见是一个凤冠霞帔的女眷，吃那一惊不小。慌忙站起来，一时认不出。女儿道：『娘休惊怪！女儿即是翠浮庵静观是也。』妈妈听了声音，再看面庞，才认得出：只是有了头发，妆扮异样，若不仔细，也要错过。妈妈道：『有一年多不见你面，又无音耗。后来闻得你同师父到那里下路去了，好不记挂！今年又着人去看，庵中鬼影也无，正自思念你，没个是处，你因何得到此地位！』女儿才把去年搭船相遇，直到此时奉旨完婚，从头至尾说了一遍。喜得个杨妈妈双脚乱跳，口扯开了收不拢来，叫儿子去快请姊夫进来。儿子是学堂中出来的，也尽晓得趋跄，便拱了闻人生进来，一同姊妹站立，拜见了杨妈妈，此时真如睡里梦里，妈妈道：『早知你有这一日，为甚把你送在庵里去？』女儿道：『若不送在庵中，也不能勾有这一日。』当下就接了杨妈妈到闻家过门，同坐喜筵。大吹大擂，更余而散。

此后，闻人生在宦途时有蹉跌，不甚像意。年至五十，方得腰金而归。杨氏女得封恭人，林下偕老。闻人生曾遇着高明相士，问他宦途不称意之故。相士道：『犯了少年时风月，损了些阴德，故见如此。』闻人生也甚悔翠浮庵少年孟浪之事，常与人说尼庵不可擅居，以此为戒。这不是『偷期得成正果』之话？若非前生分定，如何得这样奇缘？有诗为证：

主婚靡不仗天公，堪叹人生尽聩聋。
若道姻缘人可强，氤氲使者有何功？

第三十五回

诉穷汉暂掌别人钱　看财奴刁买冤家主

诗云：

从来欠债要还钱，冥府于斯倍灼然。
若使得来非分内，终须有日复还原。

却说人生财物，皆有分定。若不是你的东西，纵然勉强哄得到手，原要一分一毫填还别人的。从来因果报应的说话，其事非一，难以尽述。

宋时汴梁曹州曹南村周家庄上有个秀才，姓周名荣祖，字伯成，浑家张氏。那周家先世，广有家财，祖公公周奉，敬重释门，起盖一所佛院，每日看经念佛，到他父亲手里，一心只做人家。为因修理宅舍，不舍得另办木石砖瓦，就将那所佛院尽拆毁来用了。比及宅舍功完，得病不起。人皆道是不信佛之报。父亲既死，家私里外，通是荣祖一个掌把。那荣祖学成满腹文章，要上朝应举。他与张氏生得一子，尚在襁褓，乳名叫做长寿。只因妻娇子幼，不舍得抛撇，商量三口儿同去。他把祖上遗下那些金银成锭的做一窖儿埋在后面墙下，怕路上不好携带，只把零碎的细软的，带些随身。房廊屋舍，着个当直的看守，他自去了。

话分两头。曹州有一个穷汉，叫做贾仁，真是衣不遮身，食不充口，吃了早起的，无那晚夕的。又不会做什么营生，则是与人家挑土筑墙，和泥托坯，担水运柴，做坌工生活度日。晚间在破窑中安身。外人见他十分过的艰难，都唤他做穷贾儿。却是这个人禀性古怪拗憋，常道：『总是一般的人，别人那等富贵奢华，偏我这般穷苦！』心中恨毒。有诗为证：

又无房舍又无田，每日城南窑内眠。
一般带眼安眉汉，何事囊中偏没钱？

说那贾仁心中不伏气，每日得闲空，便走到东岳庙中，苦诉神灵道：『小人贾仁特来祷告。小人想，有那等骑鞍压马，穿罗着锦，吃好的，用好的，他也是一世人。我贾仁也是一世人，偏我衣不遮身，食不充口，烧地眠，炙地卧，兀的不穷杀了小人！小人但有些小富贵，也为斋僧布施，盖寺建塔，修桥补路，惜孤念寡，敬老怜贫，上圣可怜见咱！』日日如此。真是精诚之极，有感必通，果然被他哀告不过，感动起来。一日祷告毕，睡倒在廊檐下，一灵儿被殿前灵派侯摄去，问他终日埋天怨地的缘故。贾仁把前言再述一遍，哀求不已。灵派侯也有些怜他，唤那增福神查他衣禄食禄，有无多寡之数。增福神查了回复道：『此人前生不敬天地，不孝父母，毁僧谤佛，杀生害命，抛撇净水，作贱五谷，今世当受冻饿而死。』贾仁听说，慌了，一发哀求不止道：『上圣，可怜见！但与我些小衣禄食禄，我是必做个好人。我爹娘在时，也是尽力奉养的。亡化之后，不知甚么缘故，颠倒一日穷一日了。我也在爹娘坟上烧钱裂纸，浇茶奠酒，泪珠儿至今不曾干。我也是个行孝的人。』灵派侯道：『吾神试点检他平日所为，虽是不见别的善事，却是穷养父母，也是有的。今日据着他埋天怨地，正当冻饿，念他一点小孝，可又道：天不生无禄之人，地不长无名之草。吾等体上帝好生之德，权且看有别家无碍的福力，借与他些。与他一个假子，奉养至死，偿他这一点孝心罢。』增福神道：『小圣查得有曹州曹南周家庄上，他家福力所积，阴功三辈，为他拆毁佛地，一念差池，合受一时折罚。如今把那家的福力，权借与他二十年，待到限期已足，着他双手

初刻拍案惊奇

交还本主，这个可不两便？」灵派侯道：「这个使得。」唤过贾仁，把前话分付他明白，叫他牢牢记取：「比及你做财主时，索还的早在那里等了。」贾仁叩头，谢了上圣济拔之恩，心里道：「已是财主了！」出得门来，骑了高头骏马，放个辔头。那马见了鞭影，飞也似的跑，把他一跤颠翻，大喊一声，却是南柯一梦，身子还睡在庙檐下。想一想道：「恰才上圣分明的对我说，那一家的福力，借与我二十年，我如今该做财主。一觉醒来，财主在那里？梦是心头想，信他则甚？昨日大户人家要打墙，叫我寻泥坯，我不免去寻问一家则个。」

出了庙门去，真是时来福凑，恰好周秀才家里看家当直的，因家主出外未归，正缺少盘缠，又晚间睡着，被贼偷得精光，家里别无可卖的，只有后园中这一垛旧坍墙。想道：「要他没用，不如把泥坯卖了，且将就做盘缠度日。」走到街上，正撞着贾仁，晓得他是惯与人家打墙的，就把这话央他去卖。贾仁道：「我这家正要泥坯，讲倒价钱，吾自来挑也。」果然走去说定了价，挑得一担算一担。开了后园，一凭贾仁自掘自挑。贾仁带了铁锹、锄头、土筐之类来动手。刚扒倒得一堵，只见墙脚之下，拱开石头，那泥簌簌的落将下去，恰像底下是空的。把泥拔开，泥下一片石板。撬起石板，乃是盖下一个石槽，满槽多是土砖一般大的金银，不计其数。旁边又有小块零星楔着。吃了一惊道：「神明如此有灵！已应着昨梦。惭愧！今日有分做财主了。」心生一计，就把金银放些在土筐中，上边覆着泥土，装了一担。且把在地中挑未尽的，仍用泥土遮盖，以待再挑。挑着担竟往栖身的破窑中，权且埋着，神鬼不知。运了一两日，都运完了。

他是极穷人，有了这许多银子，也是他时运到来，且会摆拨，先把些零碎小锞，买了一所房子，住下了。逐渐把窑里埋的，又搬将过去，安顿好了。先假做些小买卖，慢慢衍将大来，不上几年，盖起房廊屋舍，开了解典库、粉房、磨房、油房、酒房，做的生意，就如水也似长将起来。旱路上有田，水路上有船，人头上有钱，平日叫他做「穷贾儿」的，多改口叫他是员外了。又娶了一房浑家，却是寸男尺女皆无，空有那鸦飞不过的田宅，也没一个承领。又有一件作怪：虽有这样大家私，生性悭吝苦克，一文也不使，半文也不用，要他一贯钞，就如挑他一条筋。别人的恨不得劈手夺将来，若要他把与人，就心疼的了不得。所以又有人叫他做「悭贾儿」。请着一个老学究，叫做陈德甫，在家里处馆。那馆不是教学的馆，无过在解铺里上些帐目，管些收钱举债的勾当。贾员外日常与陈德甫说：「我枉有家私，无个后人承领，自己生不出，街市上但遇着卖的，或是肯过继的，是男是女，寻一个来，与我两口儿喂眼也好。」说了不则一日，陈德甫又转分付了开酒务的店小二：「倘有相应的，可来先对我说。」这里一面寻螟蛉之子，不

在话下。

却说那周荣祖秀才，自从同了浑家张氏、孩儿长寿，三口儿应举去后，怎奈命运未通，功名不达。这也罢了，岂知到得家里，家私一空，止留下一所房子。去寻墙下所埋祖遗之物，但见墙倒泥开，刚剩得一个空石槽。从此衣食艰难，索性把这所房子卖了，复是三口儿去洛阳探亲。偏生这等时运，正是：

时来风送滕王阁，运退雷轰荐福碑。

那亲眷久已出外，弄做个满船空载月明归，身边盘缠用尽。到得曹南地方，正是暮冬天道，下着连日大雪。三口儿身上俱各单寒，好生行走不得。有一篇《正宫调·滚绣球》为证：

是谁人碾就琼瑶往下筛？是谁人剪冰花迷眼界？恰便似玉琢成六街三陌，恰便似粉妆就殿阁楼台。便有那韩退之，蓝关前冷怎当；便有那孟浩然，驴背上也跌下来；便有那剡溪中，禁回他子猷访戴。则这三口儿，兀的不冻倒尘埃！眼见得一家受尽千般苦，可甚么十谒朱门九不开，委实难捱。

当下张氏道：「似这般风又大，雪又紧，怎生行去？且在那里避一避也好。」周秀才道：「我们到酒务里避雪去。」

两口儿带了小孩子，到一个店里来。店小二接着，道：「可是要买酒吃的？」周秀才道：「可怜，我那得钱来买酒吃？」店小二道：「不吃酒，到我店里做甚？」秀才道：「小生是个穷秀才，三口儿探亲回来，不想遇着一天大雪。身上无衣，肚里无食，来这里避一避。」店小二道：「避避不妨。那一个顶着房子走哩！」秀才道：「多谢哥哥。」叫浑家领了孩儿同进店来。身子抡抖抖的寒颤不住。店小二道：「秀才官人，你每受了寒了。吃杯酒不好？」秀才叹道：「我才说没钱在身边。」小二道：「可怜，可怜！那里不是积福处？我舍与你一杯烧酒吃，不要你钱。」就在招财利市面前那供养的三杯酒内，取一杯递过来。周秀才吃了，觉得和暖了好些。浑家在旁，闻得酒香，也要杯儿敌寒，不好开得口，正与周秀才说话。店小二晓得意思，想道：「有心做人情，便再与他一杯。」又取那第二杯递过来道：「娘子也吃一杯。」秀才谢了，接过与浑家吃。那小孩子长寿，不知好歹，也嚷道要吃。秀才簌簌地掉下泪来道：「我两个也是这哥哥好意与我每吃的，怎生又有得到你？」小孩子便哭将起来。小二问知缘故，一发把第三杯与他吃了，就问秀才道：「看你这样艰难，你把这小的儿与了人家可不好？」秀才道：「一时撞不着人家要。」小二道：「有个人要，你与娘子商量去。」秀才对浑家道：「娘子你听么，卖酒的哥哥说，你们这等饥寒，何不把小孩子与了人？他有个人家要。」浑家道：「若与了人家，倒也强似冻饿死了，只要那人养的活，便与他去罢。」秀才把浑家的话对小二说。小二道：「好教你们喜欢。这里有个大财主，不曾生得一个儿女，正要一个小的。我如今领你去。你且在此坐一坐，我寻将一个人来。」

小二三脚两步走到对门，与陈德甫说了这个缘故。陈德甫踱到店里，问小二道：「在那里？」小二叫周秀才与他相见了。陈德甫一眼看去，见了小孩子长寿，便道：「好个有福相的孩儿！」就问周秀才道：「先生那里人氏？姓甚名谁？因何就肯卖了这孩儿？」周秀才道：「小生本处人氏，姓周名荣祖，因家业凋零，无钱使用，将自己亲儿情愿过房与人为子。先生你敢是要么？」陈德甫道：「我不要！这里有个贾老员外，他有泼天也似家私，寸男尺女皆无。若是要了这孩儿，久后家缘家计都是你这孩儿的。」秀才道：「既如此，先生作成小

生则个。』陈德甫道：『你跟着我来！』周秀才叫浑家领了孩儿一同跟了陈德甫到这家门首。

陈德甫先进去见了贾员外。员外问道：『一向所托寻孩子的，怎么了？』陈德甫道：『员外，且喜有一个小的了。』员外道：『在那里？』陈德甫道：『现在门首。』员外道：『是个甚么人的？』陈德甫道：『是个穷秀才。』员外道：『秀才倒好，可惜是穷的。』陈德甫道：『员外说得好笑，那有富的来卖儿女？』员外道：『叫他进来我看看。』陈德甫出来与周秀才说了，领他同儿子进去。秀才先与员外叙了礼，然后叫儿子过来与他看。员外看了一看，见他生得青头白脸，心上喜欢道：『果然好个孩子！』就问了周秀才姓名，转对陈德甫道：『我要他这个小的，须要他立纸文书。』陈德甫道：『员外要怎么样写？』员外道：『无过写道：「立文书人某人，因口食不敷，情愿将自己亲儿某，过继与财主贾老员外为儿。」』陈德甫道：『只叫「员外」够了，又要那「财主」两字做甚？』员外道：『我不是财主，难道叫穷汉？』陈德甫晓得是有钱的心性，只顺着道：『是，是。只依着写「财主」罢。』员外道：『还有一件要紧，后面须写道：「立约之后，两边不许翻悔。若有翻悔之人，罚钞一千贯与不悔之人用。」』陈德甫大笑道：『这等，那正钱可是多少？』员外道：『你莫管我，只依我写着。他要得我多少！我财主家心性，指甲里弹出来的，可也吃不了。』

陈德甫把这话一一与周秀才说了。周秀才只得依着口里念的写去，写到「罚一千贯」，周秀才停了笔道：『这等，我正钱可是多少？』陈德甫道：『知他是多少？我恰才也是这等说，他道：「我是个巨富的财主。他要的多少？」他指甲里弹出来的，着你吃不了哩。』周秀才也道：『说得是。』依他写了，却把正经的卖价竟不曾填得明白。他与陈德甫也都是迂儒，不晓得这些圈套，只道口里说得好听，料必不轻的。岂知做财主的专一苦克算人，讨着小便宜，口里便甜如蜜，也听不得的。当下周秀才写了文书，陈德甫递与员外收了。

员外就领了进去与妈妈看了，妈妈也喜欢。此时长寿已有七岁，心里晓得了。员外教他道：『此后有人问你姓甚么，你便道我姓贾。』长寿道：『我自姓周。』那贾妈妈道：『好儿子，明日与你做花花袄子穿，有人问你姓，只说姓贾。』长寿道：『便做大红袍与我穿，我也只是姓周。』员外心里不快，竟不来打发周秀才。

秀才催促陈德甫，德甫转催员外。员外道：『他把儿子留在我家，他自去罢了。』陈德甫道：『他怎么肯去？还不曾与他恩养哩。』员外就起个赖皮心，只做不省得道：『甚么恩养钱？随他与我些罢。』陈德甫道：『这个，员外休要人！他为无钱，才卖这个小的，怎个倒要他恩养钱？』员外道：『他因为无饭养活儿子，才过继与我。如今要在我家吃饭，我不问他要恩养钱，他倒问我要恩养钱？』陈德甫道：『他辛辛苦苦养这小的，与了员外为儿，专等员外与他些恩养钱，回家做盘缠，怎这等要他？』员外道：『立过文书，不怕他不肯了。他若有说话，便是翻悔之人，教他罚一千贯还我，领了这儿子去。』陈德甫道：『员外怎如此斗人要，你只是与他些恩养钱去，是正理。』员外道：『陈德甫，看你面上，与他一贯钞。』陈德甫道：『这等一个孩儿，与他一贯钞忒少。』员外道：『一贯钞，许多宝字哩。我富人使一贯钞，似挑着一条筋。你是穷人，怎倒看得这样容易？你且与他去，他是读书人，见儿子落了好处，敢不要钱也不见得。』陈德甫道：『那有这事？不要钱，不卖儿子了。』再三说不听，只得拿了一贯钞与周秀才。秀才正走在门外与浑家说话，安慰他道：『且喜这家果然富厚，已立了文书，这事多分可成。长寿儿也落了好地了。』浑家正要问道：『讲到多少钱钞？』只见陈德甫拿得一贯出来。浑家道：『我几杯儿水洗的孩儿偌大！怎生只与我一贯钞？便买个泥娃娃，也买不得。』陈德甫把这话又进去与员外说。员外道：『那泥娃娃须不会吃饭。常言道：有钱不买张口货。因他养活不过才卖与人，等我肯要，就勾了，如何还要我钱？既是陈德甫再三说，我再添他一贯，如今再不添了。他若不肯，白纸上写着黑字，教他拿一千贯来，领了孩子去。』陈德甫道：『他有得这一千贯时，倒不卖儿子了。』员外发作道：『你有得添添他，我却没有。』陈德甫叹口气道：『是我领来的不是了。员外又不肯添，那秀才又怎肯两贯钱就住？我中间做人也难。也是我在门下多年，今日得过继儿子，是个美事。做我不着，成全他两家罢。』就对员外道：『在我馆钱内支两贯，凑成四贯，打发那秀才罢。』员外道：『大家两贯，孩子是谁的？』陈德甫道：『孩子是员外的。』员外笑逐颜开道：『你出了一半钞，孩子还是我的，这等，你是个好人。』依他又去了两贯钞，帐簿上要他亲笔注明白了，共成四贯，拿出来与周秀才道：『这员外是这样悭吝苦克的，出了两贯，再不肯添了。小生只得自支两月的馆钱，凑成四贯送与先生。先生，你只要儿子落了好处，不要计论多少罢。』周秀才道：『甚道理？倒难为着先生。』陈德甫道：『只要久后记得我陈德甫。』周秀才道：『贾员外则是两贯，先生替他出了一半，这倒是先生赍发了小生，这恩德怎敢有忘？唤孩儿出来叮嘱他两句，我每去罢。』陈德甫叫出长寿来，三个抱头哭个不住。分付道：『爹娘无奈，卖了你。你在此可也免了些饥寒冻馁，只要晓得些人事，敢这家不亏你，我们得便来看你就是。』小孩子不舍得爹娘，吊住了，只是哭。陈德甫只得去买些果子来，哄住了他，骗了他进去。周秀才夫妻自去了。

那贾员外过继了个儿子，又且放着刁勒买的，不费大钱，自得其乐，就叫他做了贾长寿。晓得他已有知觉，不许人在他面前提起一句旧话，也不许他周秀才通消息往来，古古怪怪，防得水泄不通。岂知暗地移花接木，已自双手把人家交还他。那长寿大来，也看看把小时的事忘怀了，只认贾员外是自己的父亲。可又作怪，他父亲一文不使，半文不用，他却心性阔大，看那钱钞便是土块般相似。人道是他有钱，多顺口叫他为『钱舍』。那时妈妈亡故，贾员外得病不起。长寿要到东岳烧香，保佑父亲，与父亲讨得一贯钞，他便背地与家僮兴儿开了库，带了好些金银宝钞去了。到得庙上来，此时正是三月二十七日。明日是东岳圣帝诞辰，那庙上的人，好不来的多！天色已晚，拣着廊下一个干净处所歇息。可先有一对儿老夫妻在那里。但见：

仪容黄瘦，衣服单寒。男人头上儒巾，大半是尘埃堆积；女子脚跟

罗袜，两边泥土粘连。定然终日道途间，不似安居闺阁内。

你道这两个是甚人？元来正是卖儿子的周荣祖秀才夫妻两个。只因儿子卖了，家事已空。又往各处投人不着，流落在他方十来年。乞化回家，思量要来贾家探取儿子消息。路经泰安州，恰遇圣帝生日，晓得有人要写疏头，思量赚他几文，来央庙官。庙官此时也用得他着，留他在这廊下的。因他也是个穷秀才，庙官好意，拣这搭干净地与他，岂知贾长寿见这带地好，叫兴儿赶他开去。兴儿狐假虎威，喝道：『穷弟子，快走开去！让我们。』周秀才道：『你们是什么人？』兴儿就打他一下道：『「钱舍」也不认得！问是什么人？』周秀才道：『我须是问了庙官，在这里住的。什么「钱舍」来赶得我？』长寿见他不肯让，喝教打他。兴儿正在厮扭，周秀才大喊，惊动了庙官，走来道：『甚么人如此无礼？』兴儿道：『贾家「钱舍」要这搭儿安歇。』庙官道：『家有家主，庙有庙主，是我留在这里的秀才，你如何用强，夺他的宿处？』兴儿道：『俺家「钱舍」有的是钱，与你一贯钱，借这埚儿田地歇息。』庙官见有了钱，就改了口道：『我便叫他让你罢。』劝他两个另换个所在。周秀才好生不伏气，没奈何，只依了。明日烧香罢，各自散去。长寿到得家里，贾员外已死了，他就做了小员外，掌把了偌大家私，不在话下。

且说周秀才自东岳下来，到了曹南村，正要去查问贾家消息。一向不回家，把巷陌多生疏了。在街上一路慢访问，忽然浑家害起急心疼来，望去一个药铺，牌上写着『施药』，急走去求得些来，吃下好了。夫妻两口走到铺中，谢那先生。先生道：『不劳谢得，只要与我扬名。』指着招牌上字道：『须记我是陈德甫。』周秀才点点头，念了两声『陈德甫』，对浑家道：『这陈德甫名儿好熟，我那里曾会过来，你记得么？』浑家道：『俺卖孩儿时，做保人的，不是陈德甫？』周秀才道：『是，是。我正好问他。』又走去叫道：『陈德甫先生，可认得学生么？』德甫想了一想道：『有些面熟。』周秀才道：『先生也这般老了！则我便是卖儿子的周秀才。』陈德甫道：『还记我赍发你两贯钱？』周秀才道：『此恩无日敢忘，只不知而今我那儿子好么？』陈德甫道：『好教你欢喜，你孩儿贾长寿，如今长立成人了。』周秀才道：『老员外呢？』陈德甫道：『近日死了。』周秀才道：『好一个悭刻的人！』陈德甫道：『如今你孩儿做了小员外，不比当初老的了。且是仗义疏财。我这施药的本钱，也是他的。』周秀才道：『陈先生，怎生着我见他一面？』陈德甫道：『先生，你同嫂子在铺中坐一坐，我去寻将他来。』

陈德甫走来寻着贾长寿，把前话一五一十对他说了。那贾长寿虽是多年没人题破，见说了，转想幼年间事，还自隐隐记得，急忙跑到铺中来要认爹娘。陈德甫领他拜见，长寿看了模样，吃了一惊道：『泰安州打的就是他，怎么了？』周秀才道：『这不是泰安州夺我两口儿宿处的么？』浑家道：『正是。叫甚么「钱舍」？』秀才道：『我那时受他的气不过，那知即是我儿子。』长寿道：『孩儿其实不认得爹娘，一时冲撞，望爹娘恕罪。』两口儿见了儿子，心里老大喜欢，终久乍会之间，有些生煞煞。长寿过意不去，道是：『莫非还记着泰安州的气来？』忙叫兴儿到家取了一匣金银来，对陈德甫道：『小侄在庙中不认得父母，冲撞了些个。今将此一匣金银赔个不是。』陈德甫对周秀才说了。周秀才道：『自家儿子，如何好受他金银赔礼？』长寿跪下道：『若爹娘不受，儿子心里不安，望爹娘将就包容。』

周秀才见他如此说，只得收了。开来一看，吃了一惊，元来这银子上凿着『周奉记』。周秀才道：『可不原是我家的？』陈德甫道：『怎生是你家的？』周秀才道：『我祖公叫做周奉，是他凿字记下的。先生，你看那字便明白。』陈德甫接过手，看了道：『是倒是了，既是你家的，如何却在贾家？』周秀才道：『学生二十年前，带了家小上朝取应去，把家里祖上之物，藏埋在地下。已后归来，尽数都不见了，以致赤贫，卖了儿子。』陈德甫道：『贾老员外原系穷鬼，与人脱土坯的。以后忽然暴富起来，想是你家原物，被他挖着了，所以如此。他不生儿女，就过继着你家儿子，承领了这家私。物归旧主，岂非天意！怪道他平日一文不使，两文不用，不舍得浪费一些，元来不是他的东西，只当在此替你家看守罢了。』周秀才夫妻感叹不已，长寿也自惊异。周秀才就在匣中取出两锭银子，送与陈德甫，答他昔年两贯之费。陈德甫推辞了两番，只得受了。周秀才又念着店小二三杯酒，就在对门叫他过来，也赏了他一锭。那店小二因是小事，也忘记多时了。谁知出于不意，得此重赏，欢天喜地去了。

长寿就接了父母，到家去住。周秀才把适才匣中所剩的，交还儿子，叫他明日把来散与那贫难无倚的，须念着贫时二十年中苦楚。又叫儿子照依祖公公时节，盖所佛堂，夫妻两个在内双修。贾长寿仍旧复了周姓。贾仁空做了二十年财主，只落得一文不使，仍旧与他没帐。可见物有定主如此，世间人枉使坏了心机。有口号四句为证：

想为人禀命生于世，但做事不可瞒天地。
贫与富一定不可移，笑愚民枉使欺心计。

第三十六回

东廊僧怠招魔　黑衣盗奸生杀

诗云：

参成世界总游魂，错认讹闻各有因。
最是天公施巧处，眼花历乱使人浑。

话说天下的事，惟有天意最深，天机最巧。人居世间，总被他颠颠倒倒。就是那空幻不实境界，偶然人一个眼花错认了，明白是无端的，后边照应将来，自有一段缘故在内，真是人所不测。唐朝牛僧孺任伊阙县尉时，有东洛客张生应进士举，携文往谒。至中路遇暴雨雷雹，日已昏黑，去店尚远，傍着一株大树下且歇。少顷雨定，月色微明，就解鞍放马，与僮仆宿于路侧。因倦已甚，一齐昏睡。良久，张生朦胧觉来，见一物长数丈，形如夜叉，正在那里吃那匹马。张生惊得魂不附体，不敢则声，伏在草中。只见把马吃完了，又取那头驴去嘓啅嘓啅的吃了。将次吃完，就把手去扯他从奴一人过来，提着两足扯裂开来。张生见吃动了人，怎不心慌？只得硬挣起来，狼狈逃命。那件怪物随后赶来，叫呼骂詈。张生只是乱跑，不敢回头。约勾跑了一里来路，渐渐不听得后面声响。往前走去，遇见一个大冢，冢边立着一个女人。张生慌忙之中，也不管是什么人，连呼：『救命！』女人问道：『为着何事？』张生把适才的事说了。女人道：『此间是个古冢，内中空无一物，后有一孔，郎君可避在里头。不然，性命难存。』说罢，女子也不知那里去了。张生就寻冢孔，投身而入。冢内甚深，静听外边，已不见甚么声响。自道避在此，料无事了。

须臾望去冢外，月色转明，忽闻冢上有人说话响。张生又惧怕起来，伏在冢内不动。只见冢外推将一物进孔中来，张生只闻得血腥气。黑中看去，月光照着明白，乃是一个死人，头已断了。正在惊骇，又见推一个进来，连推了三四个才住，多是一般的死人。己后没得推进来了，就闻得冢上人嘈杂道：『金银若干，钱物若干，衣服若干。』张生方才晓得是一班强盗了，不敢吐气，伏着听他。只见那为头的道：『某件与某人，某件与某人。』连唱十来人的姓名。又有嫌多嫌少，道分得不均匀相争论的。半日方散去。张生晓得外边无人了，对了许多死尸，好不惧怕！欲要出来，又被死尸塞住孔口，转动不得。没奈何只得蹲在里面，等天明了再处。静想方才所听唱的姓名，忘失了些，还记得五六个，把来念的熟了，看看天亮起来。

却说那失盗的乡村里，一伙人各执器械来寻盗迹。到了冢旁，见满冢是血，就围住了，掘将开来。所杀之人，都在冢内。落后见了张生是个活人，喊道：『还有个强盗，落在里头。』就把绳捆将起来。张生道：『我是个举子，不是贼。』众人道：『既不是贼，缘何在此冢内？』张生把昨夜的事，一一说了。众人那里肯信？道：『必是强盗杀人，送尸到此，偶堕其内的。不要听他胡讲！』众人你住我不住的乱来踢打，张生只叫得苦。内中有老成的道：『私下不要乱打，且送到县里去。』

一伙人望着县里来，正行之间，只见张生的从人、驴马、鞍驼尽到。张生见了，吃惊道：『我昨夜见的是什么来？如何马、驴、从奴俱在？』那从人见张生被缚住在人丛中，也惊道：『昨夜在路旁困倦，睡着了。及到天明不见了郎君，故此寻来。如何被这些人如此窘辱？』张生把昨夜话对从人说了一遍。从人道：『我们一觉好睡，从不曾见个甚的，怎么有如此怪异？』乡村这伙人道：『可见是一划胡话，明是劫盗。敢这些人都是一党。』并不肯放松一些，送到县里。

县里牛公却是旧相识，见张生被乡人绑缚而来，大惊道：『缘何如此？』张生把前话说了。牛公叫快放了绑，请起来细问昨夜所见。张生道：『劫盗姓名，小生还记得几个。在冢上分散的衣物数目，小生也多听得明白。』牛公取笔，请张生一一写出，按名捕捉，人赃俱获，没一个逃得脱的。乃知张生夜来所见夜叉吃啖赶逐之景，乃是冤魂不散，鬼神幻出此一段怪异，逼那张生伏在冢中，方得默记劫盗姓名，使他逃不得。此天意假手张生以擒盗，不是正合着小子所言『眼花错认，也自有缘故』的话。而今更有个眼花错认了，弄出好些冤业因果来，理不清身子的，更为可骇可笑。正是：

道高一尺，魔高一丈。
冤业随身，终须还帐。

这话也是唐时的事。山东沂州之西，有个宫山，孤拔耸峭，迴出众峰，周围三十里，并无人居。贞元初年，有两个僧人，到此山中，喜欢这个境界幽僻，正好清修，不惜勤苦，满山拾取枯树丫枝，在大树之间，搭起一间柴棚来。两个敷坐在内，精勤礼念，昼夜不辍。四远村落闻知，各各喜舍资财布施，来替他两个构造屋室，不上旬月之间，立成一个院宇。两僧大加悫励，远近皆来钦仰，一应斋供，多自日逐有人来给与。两僧各住一廊，在佛前共设咒愿：誓不下山，只在院中持诵，必祈修成无上菩提正果。正是：

白日禅关闲闭，落霞流水长天。
溪上丹枫自落，山僧自是高眠。

又：

檐外晴丝扬网，溪边春水浮花。
尘世无心名利，山中有分烟霞。

如此苦行，已经二十余年。元和年间，冬夜月明，两僧各在廊中，朗声呗唱。于时空山虚静，闻山下隐隐有恸哭之声，来得渐近，须臾已到院门。东廊僧在静中听罢，忽然动了一念道：『如此深山寂寞，多年不出，不知山下光景如何？听此哀声，令人凄惨感伤。』只见哭声方止，一个人在院门边墙上扑的跳下地来，望着西廊便走。东廊僧遥见他身躯绝大，形状怪异，吃惊不小，不敢声张。怀着鬼胎，且默观动静。

自此人入西廊之后，那西廊僧唱之声，截然住了。但听得劈劈扑扑，如两下力争之状。过一回，又听得狺狺咀嚼，啖噬啜叱，其声甚厉。东廊僧慌了道：『院中无人，吃完了他，少不得到我。不如预先走了罢。』忙忙开了院门，惶骇奔窜。久不出山，连路径都不认得了。颠颠仆仆，气力殆尽。回头看一看后面，只见其人跄跄踉踉，大踏步赶将来，一发慌极了，乱跑乱跳。忽逢一小溪水，褰衣渡毕。追者已到溪边，却不过溪来，只在隔水嚷道：『若不阻水，当并啖之。』东廊僧且惧且行，也不知走到那里去的是，只信着脚步走罢了。

须臾大雪，咫尺昏迷，正在没奈何所在，忽有个人家牛坊，就躲将进去，隐在里面。此时已有半夜了，雪势稍住。忽见一个黑衣的人，自外执刀枪徐至栏下。东廊僧吞声屏气，潜伏暗处，向明窥看。见那黑衣人踌躇四顾，恰像等些什么的一般。有好一会，忽然院墙里面抛出些东西来，多是包裹衣被之类。黑衣人看见，忙取来扎缚好了，装做了一担。墙里边一个女子，攀了墙跳将出来，映着雪月之光，东廊僧且是看得明白。黑衣人见女子下了墙，就把枪挑了包裹，不等与他说话，望前先走。女子随后，跟他去了。东廊僧想道：『不尴尬，此间不是住处。适

才这男子女人，必是相约私逃的。明日院中不见了人，照雪地行迹，寻将出来，见了个和尚，岂不把奸情事缠在身上来？不如趁早走了去为是。」

总是一些不认得路径，慌忙又走，恍恍惚惚，没个定向。又乱乱的不成脚步，走上十数里路，踹了一个空，扑通的颠了下去，乃是一个废井。亏得干枯没水，却也深广，月光透下来，看时，只见旁有个死人，身首已离，血体还暖，是个适才杀了的。东廊僧一发惊惶，却又无法上得来，莫知所措。到得天色亮了，打眼一看，认得是昨夜攀墙的女子。心里疑道：「这怎么解？」正在没出豁处，只见井上有好些人喊嚷，临井一看道：「强盗在此了。」就将索缒人下来，东廊僧此时吓坏了心胆，冻僵了身体，挣扎不得。被那人就在井中绑缚了，先是光头上一顿栗暴，打得火星爆散。东廊僧没口得叫冤，真是在死边过。那人扎缚好，先后同死尸吊将上来。只见一个老者，见了死尸，大哭一番。哭罢，道：「你这那里来的秃驴？为何拐我女儿出来，杀死在此井中？」东廊僧道：「小僧是宫山东廊僧人，二十年不下山，因为夜间有怪物到院中，啖了同侣，逃命至此。昨夜在牛坊中避雪，看见有个黑衣人进来，墙上一个女子跳出来，跟了他去。小僧因怕惹着是非，只得走脱。不想堕落井中，先已有杀死的人在内。小僧知他是甚缘故？小僧从不下山的，与人家女眷有何识熟，可以拐带？又有何冤仇，将他杀死？众位详察则个。」说罢，内中人有好几个曾到山中认得他的，晓得是有戒行的高僧。却是现今同个死女子在井中，解不出这事来，不好替他分辨得。免不得一同送到县里来。

县令看见一干人绑了个和尚，又抬了一个死尸，备问根由。只见一个老者告诉道：「小人姓马，是这本处人。这死的就是小人的女儿，年一十八岁，不曾许聘人家，这两日方才有两家来说起。只见今日早起来，家里不见了女儿。跟寻起来，看见院后雪地上鞋迹，晓得越墙而走了。依踪寻到井边，便不见女儿鞋迹，只有一团血洒在地上。向井中一看，只见女已杀死，这和尚却在里头。岂不是他杀的？」县令问：「那僧人怎么说？」东廊僧道：「小僧是个宫山中苦行僧人，二十余年不下本山。昨夜忽有怪物入院，将同住僧人啖噬。不得已破戒下山逃命。岂知宿业所缠，撞在这网里来？」就把昨夜牛坊所见，已后虑祸再逃、坠井遇尸的话，细说了一遍。又道：「相公但差人到宫山一查，看西廊僧人踪迹有无？是被何物啖噬模样？便见小僧不是诳语。」县令依言，随即差个公人到山查勘的确，立等回话。

公人到得山间，走进院来，只见西廊僧好端端在那里坐着看经。见有人来，才起问讯。公人把东廊僧所犯之事，一一说过，道：「因他诉说，有甚怪物入院来吃人，故此逃下山来的。相公着我来看个虚实。今师父既在，可说昨夜怪物怎么样起？」西廊僧道：「并无甚怪物，但二更时候，两廊方对持念。东廊道友，忽然开了院，走了出去。我两人誓约已久，二十多年不出院门。见他独去，也自惊异。大声追呼，竟自不闻。小僧自守着不出院之戒，不敢追赶罢了。至于山下之事，非我所知。」

公人将此话回复了县令。县令道：「可见是这秃奴诳妄！」带过东廊僧，又加研审。东廊僧只是坚称前说。县令道：「眼见得西廊僧人见在，有何怪物来院中？你恰恰这日下山，这里恰恰有脱逃被杀之女同在井中，天下有这样凑巧的事！分明是杀人之盗，还要抵赖？」用起刑来，喝道：「快快招罢！」东廊僧道：「宿债所欠，有死而已，无情可招。」恼了县令性子，百般拷掠，楚毒备施。东廊僧道：「不必加

刑，认是我杀罢了。」此时连原告见和尚如此受惨，招不出甚么来，也自想道：「我家并不曾与这和尚往来，如何拐得我女眷？就是拐了，怎不与他逃去，却要杀他？便做是杀了，他自家也走得去的，如何同在这井中做甚么？其间恐有冤枉。」倒走到县令面前，把这些话一一说了。县令道：「是倒也说得是，却是这个奸僧，黑夜落井，必非良人。况又口出妄语欺诳，眼见得中有隐情了。只是行凶刀杖无存，身边又无赃物，难以成狱。我且把他牢固监候，你们自去外边缉访。你家女儿平日必有踪迹可疑之处，与私下往来之人，家中必有所失物件，你们逐一留心细查，自有明白。」众人听了分付，当下散了出来。东廊僧自到狱中受苦不题。

却说这马家是个沂州富翁，人皆呼为马员外。家有一女，长成得美丽非凡。从小与一个中表之兄杜生，彼此相慕，暗约为夫妇。杜生家中却是清淡，也曾央人来做几次媒约，马员外嫌他家贫，几次回了。却不知女儿心里，只思量嫁他去的。其间走脚通风，传书递简，全亏着一个奶娘，是从幼乳这女子的。这奶子是个不良的婆娘，专一哄诱他小娘子动了春心，做些不恰当的手脚，便好乘机拐骗他的东西。所以晓得他心事如此，倒身在里头做马泊六，弄得他两下情热如火，只是不能成就这事。

那女子看看大了，有两家来说亲。马员外已有拣中的，将次成约。女子有些着了急，与奶娘商量道：「我一心只爱杜家哥哥，而今却待把我许别家，怎生计较！」奶子就起个惫懒肚肠，哄他道：「前日杜家求了几次，员外只是不肯，要明配他，必不能勾。除非嫁了别家，与他暗里偷期罢。」女子道：「我既嫁了人，怎好又做得这事？我一心要随着杜郎，只不嫁人罢。」奶子道：「怎由得你不嫁？我有一个计较：趁着未许定人家时节，生做他一做。」女子道：「如何生做？」奶子道：「我去约定了他，你私下与他走了，多带了些盘缠，在他州外府过他几时，落得快活。且等家里寻得着时，你两个已自成合得久了，好人家儿女，不好拆开了另嫁得，别人家也本来要了。除非此计，可以行得。」女子道：「此计果妙，只要约得的确。」奶子道：「这个在我身上。」元来马员外家巨富，女儿房中东西，金银珠宝、头面首饰、衣服，满箱满笼的，都在这奶子眼里。奶子动火他这些东西，怎肯教富了别人？他有一个儿子，叫做牛黑子，是个不本分的人，专一在赌博行、厮扑行中走动，结识那一班无赖子弟，也有时去做些偷鸡吊狗的勾当。奶子欺心，当女子面前许他去约杜郎，他私下去与儿子商量，只叫他冒顶了名，骗领了别处去，卖了他，落得得他小富贵。算计停当，来哄女子道：「已约定了，只在今夜月明之下，先把东西搬出院墙外牛坊中了，然后攀墙而出就是。」先是女子要奶子同去，奶子道：「这使不得。你自去，须一时没查处；连我去了，他明知我在里头做事，寻到我家，却不做出来？」那女子不曾面订得杜郎，只听他一面哄词，也是数该如此，凭他说着就是信以为真，道是从此一定，便可与杜郎相会，遂了向来心愿了。正是：

本诗将心托明月，谁知明月照沟渠？

是夜女子与奶子把包裹扎好，先抛出墙外，落后女子攀墙而出。正是东廊僧在暗地里窥看之时，那时见有个黑衣人担着前走，女子只道是杜郎换了青衣，瞒人眼睛的，尾着随去，不以为意。到得野外井边，月下看得明白，是雄纠纠一个黑脸大汉，不是杜郎了。女孩儿家不知个好歹，不由的你不惊喊起来。黑子叫他不要喊，那里掩得住？黑子想道：「他有偌多的东西在我担里，我若同了这带脚的货去，前途被

他喊破，可不人财两失？不如结果了他罢！』拔出刀来，望脖子上只一刀，这娇怯怯的女子，能消得几时工夫？可怜一朵鲜花，一旦萎于荒草。也是他念头不正，以致有此。正是：

赌近盗兮奸近杀，古人说话不曾差。
奸赌两般都不染，太平无事做人家。

女子既死，黑子就把来擸入废井之中，带了所得东西，飞也似的去了。怎知这里又有这个悔气星照命的和尚顶了缸，坐牢受苦。说话的，若如此，真是有天无日头的事了。看官，『天网恢恢，疏而不漏。』少不得到其间逐渐的报应出来。

却说马员外先前不见了女儿，一时纠人追寻，不匡撞着这和尚，鬼混了多时，送他在狱里了，家中竟不曾仔细查得。及到家中细想，只疑心道：『未必关得和尚事。』到得房中一看，只见箱笼一空，道：『是必有个人约着走的，只是平日不曾见什么破绽。若有奸夫同逃，如何又被杀死？』却不可解。没个想处，只得把所失去之物，写个失单，各处贴了招榜，出了赏钱，要明白这件事。那奶子听得小娘子被杀了，只有他心下晓得，捏着一把汗，心里恨着儿子道：『只教他领了他去，如何做出这等没脊骨事来？』私下见了，暗地埋怨一番，着实叮嘱他：『要谨慎，关系人命，事弄得大了。』

又过了几时，牛黑子渐把心放宽了，带了钱到赌坊里去赌。怎当得博去就是个叉色，一霎时把钱多输完了。欲待再去拿钱时，兴高了，却等不得。站在旁边看，又忍不住。伸手去腰里，摸出一对金镶宝簪头来，押钱再赌，指望就博将转来，自不妨事。谁知一去，不能复返，只得忍着输散了。那押的当头须不曾讨得去，在个捉头儿的黄胖哥手里。黄胖哥带了家去，被他妻子看见了，道：『你那里来这样好东西？不要来历不明，做出事来。』胖哥道：『我须有个来处，有甚么不明？是牛黑子当钱的。』黄嫂子道：『可又来，小牛又不曾有妻小，是个光棍哩，那里挣得有此等东西？』胖哥猛想起来道：『是呀，马家小娘子被人杀死，有张失单，多半是头上首饰。他是奶娘之子，这些失物，或者他有些乘机偷盗在里头。』黄嫂子道：『明日竟到他家解钱，必有说话。若认着了，我们先得赏钱去，可不好？』商量定了。

到了次日，胖哥竟带了簪子，望马员外解库中来。恰好员外走将出来，胖哥道：『有一件东西，拿来与员外认看。认得着，小人要赏钱。认不着，小人解些钱去罢。』黄胖哥拿那簪头，递与员外。员外一看，却认得是女儿之物，就诘问道：『此自何来？』黄胖哥把牛黑子赌钱押簪的事，说了一遍。马员外点点头道：『不消说了，是他母子两个商通合计的了。』款住黄胖哥，要他写了张首单，说：『金宝簪一对，的系牛黑子押钱之物，所首是实。』对他说：『外边且不可声张！』先把赏钱一半与他，事完之后找足。黄胖哥报得着，欢喜去了。

员外袖了两个簪头，进来对奶子道：『你且说，前日小娘子怎样逃出去的？』奶子道：『员外好笑，员外也在这里，我也在这里，大家都不知道的，我如何晓得？倒来问我？』员外拿出簪子来道：『既不晓得，这件东西为何在你家里拿出来？』奶子看了簪，虚心病发，晓得是儿子做出来，惊得面如土色，心头不丕不伓跳，口里支吾道：『敢是遗失在路旁，那个拾得的？』员外见他脸色红黄不定，晓得有些海底眼，且不说破，竟叫人寻将牛黑子来，把来拴住，一径投县里来。牛黑子还乱嚷乱跳道：『我有何罪？把绳拴我。』马员外道：『有人首你杀人公事，你且不要乱叫，有本事当官辨去。』

当下县令升堂，马员外就把黄胖哥这纸首状，同那簪子送将上去，与县令看，道：『赃物证见俱有了，望相公追究真情则个。』县令看了，道：『那牛黑子是什么人，干涉得你家着？』马员外道：『是小女奶子的儿子。』县令点头道：『这个不为无因了。』叫牛黑子过来，问他道：『这簪是那里来的？』牛黑子一时无辞，只得推道：『是母亲与他的。』县令叫连那奶子拘将来。县令道：『这奸杀的事情，只在你这奶子身上，要跟寻出来。』喝令把奶子上了刑具，奶子熬不过，只得含糊招道：『小娘子平日与杜郎往来相密。是夜约了杜郎私奔，跳出墙外，是老妇晓得的。出了墙去的事，老妇一些也不知道。』县令问马员外道：『你晓得可有个杜某么？』员外道：『有个中表杜某，曾来问亲几次。只为他家寒，不曾许他。不知他背地里有此等事？』县令又将杜郎拘来。杜郎但是平日私期密订，情意甚浓，忽然私逃被杀，暗称可惜，其实一些不知影响。县令问他道：『你如何与马氏女约逃，中途杀了？』杜郎道：『平日中表兄妹，柬帖往来契密则有之，何曾有私逃之约？是谁人来约？谁人证明的？』县令唤奶子来与他对，也只说得是平日往来；至于相约私逃，原无影响，却是对他不过。杜郎一向又见说失了好些东西，便辨道：『而今相公只看赃物何在，便知与小生无与了。』县令细想一回道：『我看杜某软弱，必非行杀之人；牛某粗狠，亦非偷香之辈。其中必有顶冒假托之事。』就把牛黑子与老奶子着实行刑起来。老奶子只得把贪他财物，暗叫儿子冒名赴约，这是真情，以后的事，却不知了。牛黑子还自喳喳嘴强，推着杜郎道：『既约的是他，不干我事。』县令猛然想起道：『前日那和尚口里胡说：「晚间见个黑衣人，挈了女子同去的。」叫他出来一认，便明白了。』喝令狱中放出那东廊僧来。

东廊僧到案前，县令问道：『你那夜说在牛坊中，见个黑衣人进来，盗了东西，带了女子去。而今这个人若在，你认得他否？』东廊僧道：『那夜虽然是夜里，雪月之光，不减白日。小僧静修已久，眼光颇清。若见其人，自然认得。』县令叫杜郎上来，问僧道：『可是这个？』东廊僧道：『不是。彼甚雄健，岂是这文弱书生？』又叫牛黑子上来，指着问道：『这个可是？』东廊僧道：『这个是了。』县令冷笑，对牛黑子道：『这样，你母亲之言已真，杀人的不是你，是谁？况且赃物现在，有何理说？只可惜这和尚，没事替你吃打吃监多时。』东廊僧道：『小僧宿命所招，自无可怨，所幸佛天甚近，得相公神明昭雪。』县令又把牛黑子夹起，问他道：『同逃也罢，何必杀他？』黑子只得招道：『他初时认做杜郎，到井边时，看见不是，乱喊起来，所以一时杀了。』县令道：『晚间何得有刀？』黑子道：『平时在厮扑行里走，身边常带有利器。况是夜晚做事，防人暗算，故带在那里的。』县令道：『我故知非杜子所为也。』遂将招情一一供明。把奶子毙于杖下。牛黑子强奸杀人，追赃完日，明正典刑。杜郎与东廊僧俱各释放。一行人各自散了，不题。

那东廊僧没头没脑，吃了这场敲打，又监里坐了几时，才得出来。回到山上见了西廊僧，说起许多事体。西廊僧道：『一同如此静修，那夜本无一物，如何偏你所见如此，以致惹出许多磨难来？』东廊僧道：『便是不解。』回到房中，自思无故受此惊恐，受此苦楚，必是自家有甚修不到处。向佛前忏悔已过，必祈见个境头。蒲团上静坐了三昼夜，坐到那心空性寂之处，恍然大悟。元来马家女子是他前生的妾，为因一时无端疑忌，将他拷打锁禁，自这段冤愆。今世做了僧人，戒行清苦，本可消释了。只因那晚听得哭泣之声，心中凄惨，动了这念头，所以魔障就到。现出许多恶境界，逼他走到冤家窝里去，偿了这

些拷打锁禁之债，方才得放。他在静中悟彻了这段因果，从此坚持道心，与西廊僧到底再不出山，后来合掌坐化而终。有诗为证：

有生总在业冤中，悟到无生始是空。
若是尘心全不起，凭他宿债也消融。

第三十七回

屈突仲任酷杀众生　郓州司令冥全内侄

诗云：

众生皆是命，畏死有同心。
何以贪馋者，冤仇结必深！

话说世间一切生命之物，总是天地所生，一样有声有气，有知有觉，但与人各自为类。其贪生畏死之心，总只一般；衔恩记仇之报，总只一理。只是人比他灵慧机巧些，便能以术相制，弄得驾牛络马，牵苍走黄，还道不足，为着一副口舌，不知伤残多少性命。这些众生，只为力不能抗拒，所以任凭刀俎。然到临死之时，也会乱飞乱叫，各处逃藏，岂是蠢蠢不知死活，任你食用的？乃世间贪嘴好杀之人，与迂儒小生之论，道：『天生万物以养人，食之不为过。』这句说话，不知还是天帝亲口对他说的，还是自家说出来的？若但道『是人能食物，便是天意养人』，那虎豹能食人，难道也是天生人以养虎豹的不成？蚊虻能嘬人，难道也是天生人以养蚊虻不成？若是虎豹蚊虻也一般会说、会话、会写、会做，想来也要是这样讲了，不知人肯服不肯服？从来古德长者劝人戒杀放生，其话尽多，小子不能尽述，只趁口说这几句直捷痛快的与看官们笑一笑，看说的可有理没有理？至于佛家果报，说六道众生，尽是眷属，冤冤相报，杀杀相寻，就说他几年也说不了。小子而今说一个怕死的众生，与人性无异的，随你铁石做心肠，也要慈悲起来。

宋时太平府有个黄池镇，十里间有聚落，多是些无赖之徒，不逞宗室、屠牛杀狗所在。淳熙十年间，王叔端与表兄盛子东同往宁国府，过其处，少憩闲览，见野园内系水牛五头。盛子东指其中第二牛，对王叔端道：『此牛明日当死。』叔端道：『怎见得？』子东道：『四牛皆食草，独此牛不食草，只是眼中泪下，必有其故。』因到茶肆中吃茶，就问茶主人：『此第二牛是谁家的？』茶主人道：『此牛乃是赵三使买，明早要屠宰了。』子东对叔端道：『如何？』明日再往，止剩得四头在了。仔细看时，那第四牛也像昨日的一样不吃草，眼中泪出。看见他两个踱来，把双蹄跪地，如拜诉的一般。复问，茶肆中人说道：『有一个客人，今早至此，一时买了三头，只剩下这头，早晚也要杀了。』子东叹息道：『畜类有知如此！』劝叔端访他主人，与他重价买了，置在近庄，做了长生的牛。

只看这一件事起来，可见畜生一样灵性，自知死期；一样悲哀，祈求施主。如何而今人歪着肚肠，只要广伤性命，暂侈口腹，是甚缘故？敢道是阴间无对证么？不知阴间最重杀生，对证明明白白。只为人死去，既遭了冤对，自去一一偿报，回生的少。所以人多不及知道，对人说也不信了。小子如今说个回生转来，明白可信的话。正是：

一命还将一命填，世人难解许多冤。
闻声不食吾儒法，君子期将不忍全。

唐朝开元年间，温县有个人，复姓屈突，名仲任。父亲曾典郡事，止生得仲任一子，怜念其少，恣其所为。仲任性不好书，终日只是樗蒲、射猎为事。父死时，家僮数十人，家资数百万，庄第甚多。仲任纵情好色，荒饮博戏，如汤泼雪。不数年间，把家产变卖已尽；家僮仆妾之类也多养口不活，各自散去。止剩得温县这一个庄，又渐渐把四围附近田畴多卖去了。过了几时，连庄上零星屋宇及楼房内室也拆来卖了，止是中间一正堂岿然独存，连庄子也不成模样了。家贫无计可

初刻拍案惊奇

以为生。

仲任多力，有个家僮叫做莫贺咄，是个蕃夷出身，也力敌百人。主仆两个好生说得着，大家各恃膂力，便商量要做些不本分的事体来。却也不爱去打家劫舍，也不爱去杀人放火。他爱吃的是牛马肉，又无钱可买，思量要与莫贺咄外边偷盗去。每夜黄昏后，便两人合伴，直走去五十里外，遇着牛，即执其两角，翻负在背上，背了家来；遇马骡，将绳束其颈，也负在背。到得家中，投在地上，都是死的。又于堂中掘地，埋几个大瓮在内，安贮牛马之肉，皮骨剥下来，纳在堂后大坑，或时把火焚了。初时只图自己口腹畅快，后来偷得多起来，便叫莫贺咄拿出城市换米来吃，卖钱来用，做得手滑，日以为常，当做了是他两人的生计了。亦且来路甚远，脱膊又快，自然无人疑心，再也不弄出来。

仲任性又好杀，日里没事得做，所居堂中，弓箭、罗网、叉弹满屋，多是千方百计思量杀生害命。出去走了一番，再没有空手回来的，不论獐鹿兽兔，乌鸢鸟雀之类，但经目中一见，毕竟要算计弄来吃他。但是一番回来，肩担背负，手提足系，无非是些飞禽走兽，就堆了一堂屋角。两人又去舞弄摆布，思量巧样吃法。就是带活的，不肯便杀一刀、打一下死了吧。毕竟多设调和妙法：或生割其肝，或生抽其筋，或生断其舌，或生取其血。道是一死，便不脆嫩。假如取得生鳖，便将绳缚其四足，绷住在烈日中晒着，鳖口中渴甚，即将盐酒放在他头边，鳖只得吃了，然后将他烹起来。鳖是里边醉出来的，分外好吃。取驴缚于堂中，面前放下一缸灰水，驴四围多用火逼着，驴口干即饮灰水，须臾，屎溺齐来，把他肠胃中污秽多荡尽了。然后取酒调了椒盐各味，再复与他，他火逼不过，见了只是吃，性命未绝，外边皮肉已熟，里头调和也有了。一日拿得一刺猬，他浑身是硬刺，不便烹宰。仲任与莫贺咄商量道：『难道便是这样罢了不成？』想起一法来，把泥着些盐在内，跌成熟团，把刺猬团团泥裹起来，火里煨着，烧得熟透了，除去外边的泥，只见猬皮与刺皆随泥脱了下来，剩的是一团熟肉。加了盐酱，且是好吃。凡所作为，多是如此。有诗为证：

捕飞逐走不曾停，身上时常带血腥。
且是烹炮多有术，想来手段会调羹。

且说仲任有个姑夫，曾做郓州司马，姓张名安。起初看见仲任家事渐渐零落，也要等他晓得些苦辣，收留他去，劝化他回头做人家。及到后来，看见他所作所为，越无人气，时常规讽，只是不听。张司马怜他是妻兄独子，每每挂在心上；怎当他气类异常，不是好言可以谕解，只得罢了。后来司马已死，一发再无好言到他耳中，只是逞性胡为，如此十多年。

忽一日，家僮莫贺咄病死，仲任没了个帮手，只得去寻了个小时节乳他的老婆婆来守着堂屋，自家仍去独自个做那些营生。过得月余，一日晚，正在堂屋里吃牛肉，忽见两个青衣人，直闯将入来，将仲任套了绳子便走。仲任自恃力气，欲待打挣，不知这时力气多在那里去了，只得软软随了他走。正是：

有指爪劈开地面，会腾云飞上青霄。
若无入地升天术，自下灾殃怎地消？

仲任口里问青衣人道：『拿我到何处去？』青衣人道：『有你家家奴攀下你来，须去对理。』仲任茫然不知何事。

随了青衣人，来到一个大院。厅事十余间，有判官六人，每人据二间。仲任所对，在最西头二间，判官还不在，青衣人叫他且立堂下。有

顷，判官已到，仲任仔细一认，叫声：『阿呀！如何却在这里相会？』你道那判官是谁？正是他那姑夫郓州司马张安。那司马也吃了一惊道：『你几时来了？』引他登阶，对他道：『你此来不好，你年命未尽，想为对事而来。却是在世为恶无比，所杀害生命千千万万，冤家多在。今忽到此，有何计较可以相救？』仲任才晓得是阴府，心里想着平日所为，有些俱怕起来，叩头道：『小侄生前，不听好言，不信有阴间地府，安作安行。今日来到此处，望姑夫念亲戚之情，救拔则个。』张判官道：『且不要忙，待我与众判官商议看。』因对众判官道：『仆有妻侄屈突仲任，造罪无数，今召来与奴莫贺咄对事，却是其人年命亦未尽，要放他去了，等他寿尽才来。只是既已到了这里，怕被害这些冤魂不肯放他。怎生为仆分上，商量开得一路，放他生还么？』众判官道：『除非召明法者与他计较。』

张判官叫鬼卒唤明法人来。只见有个碧衣人前来参见，张判官道：『要出一个年命未尽的罪人，有路否？』明法人请问何事，张判官把仲任的话对他说了一遍。明法人道：『仲任须为对莫贺咄事而来，固然阳寿未尽，却是冤家太广，只怕一与相见，群到沓来，不由分说，恣行食啖。此皆宜偿之命，冥府不能禁得，料无再还之理。』张判官道：『仲任既系吾亲，又命未合死，故此要开生路救他。若是寿已尽时，自作自受，我这里也管不得了。你有何计，可以解得此难？』明法人想了一会道：『唯有一路，可以出得，却也要这些被杀冤家肯便好。若不肯，也没干。』张判官道：『却待怎么？』明法人道：『此诸物类，被仲任所杀者，必须偿其身命，然后各去托生。今召他每出来，须诱哄他每道：「屈突仲任今为对莫贺咄事，已到此间，汝辈食啖了毕，即去托生。汝辈余业未尽，还受畜生身，是这件仍做这件，牛更为牛，马更为马。使仲任转生为人，还依旧吃着汝辈，汝辈业报，无有了时。今查仲任未合即死，须令略还，叫他替汝辈追造福因，使汝辈各舍畜生业，尽得人身，再不为人杀害，岂不至妙？」诸畜类闻得人身，必然喜欢从命，然后小小偿他些夙债，乃可放去。若说与这番说话，不肯依时，就再无别路了。』张判官道：『便可依此而行。』

明法人将仲任锁在厅事前房中了，然后召仲任所杀生类到判官庭中来，庭中地可有百亩，仲任所杀生命闻召都来，一时填塞皆满。但见：

牛马成群，鸡鹅作队。百般怪兽，尽皆舞爪张牙；千种奇禽，类各舒毛鼓翼。谁道赋灵独蠢，记冤仇且是分明；谩言禀质偏殊，图报复更为紧急。飞的飞，走的走，早难道天子上林；叫的叫，嗥的嗥，须不是人间乐土。

说这些被害众生，如牛、马、驴、骡、猪、羊、獐、鹿、雉、兔，以至刺猬、飞鸟之类，不可悉数，凡数万头，共作人言道：『召我何为？』判官道：『屈突仲任已到。』说声未了，物类皆咆哮大怒，腾振蹴踏，大喊道：『逆贼，还我债来！还我债来！』这些物类忿怒起来，个个身体比常倍大：猪羊等马牛，马牛等犀象。只待仲任出来，大家吞噬。判官乃使明法人一如前话，晓谕一番，物类闻说替他追福，可得人身，尽皆喜欢，仍旧复了本形。判官分付诸畜且出，都依命退出庭外来了。

明法人方在房里放出仲任来，对判官道：『而今须用小小偿他些债。』说罢，即有狱卒二人，手执皮袋一个，秘木二根到来，明法人把仲任袋将进去，狱卒将秘木秘下去，仲任在袋苦痛难禁，身上血簌簌的出来，多在袋孔中流下，好似浇花的喷筒一般。狱卒去了秘木，只提

着袋，满庭前走转洒去。须臾，血深至阶，可有三尺了。然后连袋投仲任在房中，又牢牢锁住了。复召诸畜等至，分付道：『已取出仲任生血，听汝辈食啖。』诸畜等皆作恼怒之状，身复长大数倍，骂道：『逆贼，你杀吾身，今吃你血。』于是竞来争食，飞的走的，乱嚷乱叫，一头吃一头骂，只听得呼呼嗡嗡之声，三尺来血一霎时吃尽，还像不足的意，共舐地上。直等庭中土见，方才住口。

明法人等诸畜吃罢，分付道：『汝辈已得偿了些债。莫贺咄身命已尽，一听汝辈取偿。今放屈突仲任回家，为汝辈追福，令汝辈多得人身。』诸畜等皆欢喜，各复了本形而散。

判官方才在袋内放出仲任来，仲任出了袋，站立起来，只觉浑身疼痛。张判官对他说道：『冤报暂解，可以回生。既已见了报应，便可穷力修福。』仲任道：『多蒙姑夫竭力周全调护，得解此难。今若回生，自当痛改前非，不敢再增恶业。但宿罪尚重，不知何法修福，可以尽消？』判官道：『汝罪业太重，非等闲作福可以免得，除非刺血写一切经，此罪当尽。不然，他日更来，无可再救了。』仲任称谢领诺。张判官道：『还须遍语世间之人，使他每闻着报应，能生悔悟的，也多是你的功德。』说罢，就叫两个青衣人送归来路。又分付道：『路中若有所见，切不可擅动念头，不依我戒，须要吃亏。』叮嘱青衣人道：『可好伴他到家，他余业尽多，怕路中还有失处。』青衣人道：『本官分付，敢不小心？』仲任遂同了青衣前走。行了数里，到了一个热闹去处，光景似阴间酒店一般。但见：

村前茅舍，庄后竹篱。村醪香透磁缸，浊酒满盛瓦瓮。架上麻衣，昨日村郎留下当；酒帘大字，乡中学究醉时书。刘伶知味且停舟，李白闻香须驻马。尽道黄泉无客店，谁知冥路有沽家！

仲任正走得饥又饥，渴又渴，眼望去是个酒店，他已自口角流涎了。走到面前看时，只见：店里头吹的吹，唱的唱，猜拳豁指，呼红喝六；在里头畅快饮酒。满前嘎饭，多是些肥肉鲜鱼，壮鸡大鸭。仲任不觉旧性复发，思量要进去坐一坐，吃他一餐，早把他姑夫所戒已忘记了，反来拉两个青衣进去同坐。青衣道：『进去不得的，错走去了，必有后悔。』仲任那里肯信？青衣阻当不住，道：『既要进去，我们只在此间等你。』

仲任大踏步跨将进来，拣个座头坐下了。店小二忙摆着案酒，仲任一看，吃了一惊。元来一碗是死人的眼睛，一碗是粪坑里大蛆，晓得不是好去处，抽身待走。小二斟了一碗酒来道：『吃了酒去。』仲任不识气，伸手来接，拿到鼻边一闻，臭秽难当。元来是一碗腐尸肉。正待撇下不吃，忽然灶下抢出一个牛头鬼来，手执钢叉喊道：『还不快吃！』店小二把来一灌，仲任只得忍着臭秽，强吞了下去，望外便走。牛头又领了好些奇形异状的鬼赶来，口里嚷道：『不要放走了他！』仲任急得无措，只见两个青衣元站在旧处，忙来遮蔽着，喝道：『是判院放回的，不得无礼。』搀着仲任便走。后边人听见青衣人说了，然后散去。青衣人埋怨道：『叫你不要进去，你不肯听，致有此惊恐。起初判院如何分付来？只道是我们不了事。』仲任道：『我只道是好酒店，如何里边这样光景？』青衣人道：『这也原是你业障，现此眼花。』仲任道：『如何是我业障？』青衣人道：『你吃这一瓯，还抵不得醉鳖醉驴的债哩。』仲任愈加悔悟，随着青衣再走。看看茫茫荡荡，不辨东西南北，身子如在云雾里一般。

须臾，重见天日，已似是阳间世上，俨然是温县地方。同着青衣走入自己庄上草堂中，只见自己身子直挺挺的躺在那里，乳婆坐在旁边

守着。青衣用手将仲任的魂向身上一推，仲任苏醒转来，眼中不见了青衣。却见乳婆叫道：『官人苏醒着，几乎急死我也！』仲任道：『我死去几时了？』乳婆道：『官人正在此吃食，忽然暴死，已是一昼夜。只为心头尚暖，故此不敢移动，谁知果然活转来，好了，好了！』仲任道：『此一昼夜，非同小可。见了好些阴间地府光景。』那老婆子喜听的是这些说话，便问道：『官人见的是甚么光景？』仲任道：『元来我未该死，只为莫贺咄死去，撞着平日杀戮这些冤家，要我去对证，故勾我去。我也为冤家多，几乎不放转来了。亏得撞着对案的判官就是我张家姑夫，道我阳寿未绝，在里头曲意处分，才得放还。』就把这些说话光景，如此如此，这般这般，尽情告诉了乳婆，那乳婆只是合掌念『阿弥陀佛』不住口。

仲任说罢，乳婆又问道：『这等，而今莫贺咄毕竟怎么样？』仲任道：『他阳寿已尽，冤债又多。我自来了，他在地府中，毕竟要一一偿命，不知怎地受苦哩。』乳婆道：『官人可曾见他否？』仲任道：『只因判官周全我，不教对案，故此不见他，只听得说。』乳婆道：『一昼夜了，怕官人已饥，还有剩下的牛肉，将来吃了罢。』仲任道：『而今要依我姑夫分付，正待刺血写经，罚咒再不吃这些东西了。』乳婆道：『这个却好。』乳婆只去做些粥汤与仲任吃了。仲任起来梳洗一番，把镜子将脸一照，只叫得苦。元来阴间把秘木取去他血，与畜生吃过，故此面色腊查也似黄了。

仲任从此雇一个人把堂中扫除干净。先请几部经来，焚香持诵，将养了两个月，身子渐渐复旧，有了血色。然后刺着臂血，逐部逐卷写将来。有人经过，问起他写经根由的，便把这些事逐一告诉将来。人听了无不毛骨耸然，多有助盘费供他书写之用的，所以越写得多了。况且面黄肌瘦，是个老大证见。又指着堂中的瓮、堂后的穴，每对人道：『这是当时作业的遗迹，留下为戒的。』来往人晓得是真话，发了好些放生戒杀的念头。

开元二十三年春，有个同官令虞咸道经温县，见路旁草堂中有人年近六十，如此刺血书写不倦，请出经来看，已写过了五六百卷。怪道：『他怎能如此发心得猛？』仲任把前后的话，一一告诉出来。虞县令叹以为奇，留俸钱助写而去。各处把此话传示于人，故此人多知道。后来仲任得善果而终，所谓『放下屠刀立地成佛』者也。偈曰：

物命在世间，微分此灵蠢。
一切有知觉，皆已具佛性。
取彼痛苦身，供我口食用。
我饱已觉膻，彼死痛犹在。
一点嗔狠心，岂能尽消灭！
所以六道中，转转相残杀。
愿葆此慈心，触处可施用。
起意便多刑，减味即省命。
无过转念间，生死已各判。
及到偿业时，还恨种福少。
何不当生日，随意作方便？
度他即自度，应作如是观。

第三十八回

占家财狠婿妒侄　廷亲脉孝女藏儿

诗曰：

子息从来天数，原非人力能为。
最是无中生有，堪令耳目新奇。

话说元朝时，都下有个李总管，官居三品，家业巨富。年过五十，不曾有子。闻得枢密院东有个算命的，开个铺面，谭人祸福，无不奇中。总管试往一算。于时衣冠满座，多在那里候他，挨次推讲。总管对他道：『我之禄寿已不必言。最要紧的，只看我有子无子。』算命的推了一回，笑道：『公已有子了，如何哄我？』总管道：『我实不曾有子，所以求算，岂有哄汝之理？』算命的把手掐了一掐道：『公年四十，即已有子。今年五十六了，尚说无子，岂非哄我？』一个争道『实不曾有』；一个争道『决已有过』。递相争执，同座的人多惊讶起来道：『这怎么说？』算命的道：『在下不会差，待此公自去想。』只见总管沉吟了好一会，拍手道：『是了，是了。我年四十时，一婢有娠，我以职事赴上都，到得归家，我妻已把来卖了，今不知他去向。若说「四十上该有子」，除非这个缘故。』算命的道：『我说不差，公命不孤，此子仍当归公。』总管把钱相谢了，作别而出。只见适间同在座上问命的一个千户，也姓李，邀总管入茶坊坐下，说道：『适间闻公与算命的所说之话，小子有一件疑心，敢问个明白。』总管道：『有何见教？』千户道：『小可是南阳人，十五年前，也不曾有子，因到都下，买得一婢，却已先有孕的。带得到家，吾妻适也有孕，前后一两月间，各生一男，今皆十五六岁了。适间听公所言，莫非是公的令嗣么？』总管就把婢子容貌年齿之类，两相质问，无一不合，因而两边各通了姓名、住址，大家说个『容拜』，各散去了。总管归来对妻说知其事，妻当日悍妒，做了这事，而今见夫无嗣，也有些惭悔哀怜，巴不得是真。

次日邀千户到家，叙了同姓，认为宗谱。盛设款待，约定日期，到他家里去认看。千户先归南阳，总管给假前往，带了许多东西去馈送着千户，并他妻子仆妾，多方礼物。坐定了，千户道：『小可归家问明，此婢果是宅上出来的。』因命二子出拜，只见两个十五六的小官人，一齐走出来，一样打扮，气度也差不多。总管看了，不知那一个是他儿子。请问千户，求说明白。千户笑道：『公自从看，何必我说？』总管仔细相了一回，天性感通，自然识认，前抱着一个道：『此吾子也。』千户点头笑道：『果然不差！』于是父子相持而哭，旁观之人无不堕泪。千户设宴与总管贺喜，大醉而散。

次日总管答席，就借设在千户厅上。酒间千户对总管道：『小可既还公令郎了，岂可使令郎母子分离？并令其母奉公同还，何如？』总管喜出望外，称谢不已，就携了母子同回都下。后来通籍承荫，官也至三品，与千户家往来不绝。可见人有子无子，多是命理做定的。李总管自己已信道无儿了，岂知被算命的看出有子，到底得以团圆，可知是逃那命里不过。

小子为何说此一段话？只因一个富翁，也犯着无儿的病症，岂知也系有儿，被人藏过。后来一旦识认，喜出非常，关着许多骨肉亲疏的关目在里头，听小子从容的表白出来。正是：

越亲越热，不亲不热。
附葛攀藤，总非枝叶。
奠酒浇浆，终须骨血。

如何妒妇，忍将嗣绝？
必是前生，非常冤业。

话说妇人心性，最是妒忌，情愿看丈夫无子绝后，说着买妾置婢，抵死也不肯的。就有个把被人劝化，勉强依从，到底心中只是有些嫌忌，不甘伏的。就是生下了儿子，是亲丈夫一点骨血，又本等他做大娘，还道是『隔重肚皮隔重山』，不肯便认做亲儿一般。更有一等狠毒的，偏要算计了绝得方快活的。及至女儿嫁得个女婿，分明是个异姓，无关宗支的，他偏要认做的亲，是件偏心为他，倒胜如丈夫亲子侄。岂知女生外向，虽系吾所生，到底是别家的人。至于女婿，当时就有二心，转得背，便另搭架子了。自然亲一支热一支，女婿不如侄儿，侄儿又不如儿子。纵是前妻晚后，偏生庶养，归根结果，嫡亲瓜葛，终久是一派，好似别人多哩。不知这些妇人们，为何再不明白这个道理！

话说元朝东平府有个富人，姓刘名从善，年六十岁，人皆以员外呼之。妈妈李氏，年五十八岁。他有泼天也似家私，不曾生得儿子。止有一个女儿，小名叫做引姐，入赘一个女婿，姓张，叫张郎。其时张郎有三十岁，引姐二十七岁了。那个张郎极是贪小好利刻薄之人，只因刘员外家富无子，他起心央媒，入舍为婿。便道这家私久后多是他的了，好不夸张得意！却是刘员外自掌把定家私在手，没有得放宽与他。亦且刘员外另有一个肚肠。一来他有个兄弟刘从道，同妻宁氏，亡逝已过，遗下一个侄儿，小名叫做引孙，年二十五岁，读书知事。只是自小父母双亡，家私荡败，靠着伯父度日。刘员外道是自家骨肉，另眼觑他。怎当得李氏妈妈，一心只护着女儿女婿，又且念他母亲存日，妯娌不和，到底结怨在他身上，见了一似眼中之钉。亏得刘员外暗地保全，却是毕竟碍着妈妈女婿，不能十分周济他，心中长怀不忍。二来员外有个丫头，叫做小梅，妈妈见他精细，叫他近身伏侍。员外就收拾来做了偏房，已有了身孕，指望生出儿子来。有此两件心事，员外心中不肯轻易把家私与了女婿。怎当得张郎佥赖，专一使心用腹，搬是造非，挑拨得丈母与引孙舅子，日逐吵闹。引孙当不起激聒，刘员外也怕淘气，私下周给些钱钞，叫引孙自寻个住处，做营生去。引孙是个读书之人，虽是寻得间破房子住下，不晓得别做生理，只靠伯父把得这些东西，且逐渐用去度日。眼见得一个是张郎赶去了。张郎心里怀着鬼胎，只怕小梅生下儿女来。若生个小姨，也还只分得一半，若生个小舅，这家私就一些没他分了。要与浑家引姐商量，暗算那小梅。

那引姐倒是个孝顺的人，但是女眷家见识，若把家私分与堂弟引孙，他自道是亲生女儿，有些气不甘分；若是父亲生下小兄弟来，他自是喜欢的。况见父亲十分指望，他也要安慰父亲的心，这个念头是真。晓得张郎不怀良心，母亲又不明道理，只护着女婿，恐怕不能勾保全小梅生产了，时常心下打算。恰好张郎赶逐了引孙出去，心里得意，在浑家面前露出那要算计小梅的意思来。引姐想道：『若两三人做了一路，算计他一人，有何难处？不争你们使嫉妒心肠，却不把我父亲的后代绝了？这怎使得！我若不在里头使些见识，保护这事，做了父亲的罪人，做了万代的骂名。却是丈夫见我，不肯做一路，怕他每背地自做出来，不若将机就计，暗地周全罢了。』

你道怎生暗地用计？元来引姐有个堂分姑娘嫁在东庄，是与引姐极相厚的，每事心腹相托。引姐要把小梅寄在他家里去分娩，只当是托孤与他。当下来与小梅商议道：『我家里赶了引孙官人出去，张郎心里要独占家私。姨姨你身怀有孕，他好生嫉妒！母亲又护着他，姨

姨你自己也要放精细些！』小梅道：『姑娘肯如此说，足见看员外面上，十分恩德。奈我独自一身，怎提防得许多？只望姑娘凡百照顾则个。』引姐道：『我怕不要周全？只是关着财利上事，连夫妻两个，心肝不托着五脏的。他早晚私下弄了些手脚，我如何知道？』小梅垂泪道：『这等，却怎么好？不如与员外说个明白，看他怎么做主？』引姐道：『员外老年之人，他也周庇得你有数。况且说破了，落得大家面上不好看，越结下冤家了，你怎当得起？我倒有一计在此，须与姨姨熟商量。』小梅道：『姑娘有何高见？』引姐道：『东庄里姑娘，与我最厚。我要把你寄在他庄上，在他那里分娩，托他一应照顾。生了儿女，就托他抚养着。衣食盘费之类，多在我身上。这边哄着母亲与丈失，说姨姨不像意，走了。他每巴不得你去的，自然不寻究。且等他把这一点要摆布你的肚肠放宽了，后来看个机会，等我母亲有些转头，你所养儿女已长大了，然后对员外一一说明，取你归来。那时须奈何你不得了。除非如此，可保十全。』小梅道：『足见姑娘厚情，杀身难报！』引姐道：『我也只为不忍见员外无后，恐怕你遭了别人毒手，没奈何背了母亲与丈夫，私下和你计较。你日后生了儿子，有了好处，须记得今日。』小梅道：『姑娘大恩，经板儿印在心上，怎敢有忘！』两下商议停当，看着机会，还未及行。

员外一日要到庄上收割，因为小梅有身孕，恐怕女婿生嫉妒，女儿有外心，索性把家私都托女儿女婿管了。又怕妈妈难为小梅，请将妈妈过来，对他说道：『妈妈，你晓得借瓮酿酒么？』妈妈道：『怎他说？』员外道：『假如别人家瓮儿，借将来家里做酒。酒熟了时，就把那瓮儿送还他本主去了。这不是只借得他家伙一番。如今小梅这妮子腹怀有孕，明日或儿或女，得一个，只当是你的。那其间将那妮子或典或卖，要不要多凭得你。我只要借他肚里生下的要紧，这不当是「借瓮酿酒」？』妈妈见如此说，也应道：『我晓得，你说的是，我觑着他便了。你放心庄上去。』员外叫张郎取过那远年近岁欠他钱钞的文书，都搬将出来，叫小梅点个灯，一把火烧了。张郎伸手火里去抢，被火一逼，烧坏了指头叫痛。员外笑道：『钱这般好使？』妈妈道：『借与人家钱钞，多是幼年到今，积攒下的家私，如何把这些文书烧掉了？』员外道：『我没有这儿贯业钱，安知不已有了儿子？就是今日有得些些根芽，若没有这儿贯业钱，我也不消担得这许多干系，别人也不来算计我了。我想财是什么好东西？苦苦盘算别人的做甚？不如积些阴德，烧掉了些，家里须用不了。或者天可怜见，不绝我后，得个小厮儿也不见得。』说罢，自往庄上去了。

张郎听见适才丈人所言，道是暗暗里有些侵着他，一发不像意道：『他明明疑心我要暗算小梅，我枉做好人，也没干。何不趁他在庄上，便当真做一做？也绝了后虑！』又来与浑家商量。引姐见事体已急了，他日前已与东庄姑娘说知就里，当下指点了小梅，径叫他到那里藏过，来哄丈夫道：『小梅这丫头看见我每意思不善，今早叫他配绒线去，不见回来。想是怀空走了。这怎么好？』张郎道：『逃走是丫头的常事，走了也倒干净。省得我们费气力。』引姐道：『只是父亲知道，须要烦恼。』张郎道：『我们又不打他，不骂他，不冲撞他，他自己走了的，父亲也抱怨我们不得。我们且告诉妈妈，大家商量。』夫妻两个来对妈妈说了。妈妈道：『你两个说来没半句，员外偌大年纪，见有这些儿指望，喜欢不尽，在庄儿上专等报喜哩。怎么有这等的事！莫不你两个做出了些什么歹勾当来？』引姐道：『今日绝早自家走了的，实不干我们事。』妈妈心里也疑心道别有缘故，却是护着女儿女

婿，也巴不得将『没』作『有』，便认做走了也干净，那里还来查着？只怕员外烦恼，又怕员外疑心，三口儿都赶到庄上与员外说。

员外见他每齐来，只道是报他生儿喜信，心下鹘突。见说出这话来，惊得木呆。心里想道：『家里难为他不过，逼走了他，这是有的。只可惜带了胎去。』又叹口气道：『看起一家这等光景，就是生下儿子来，未必能勾保全。便等小梅自去寻个好处也罢了，何苦累他母子性命！』泪汪汪的，忍着气恨命，又转了一念道：『他们如此算计我，则为着这些浮财。我何苦空积攒着做守财虏，倒与他们受用！我总是没后代，趁我手里施舍了些去，也好。』怀着一天忿气，大张着榜子，约着明日到开元寺里，散钱与那贫难的人。张郎好生心里不舍得，只为见丈人心下烦恼，不敢拗他。到了明日，只得带了好些钱，一家同到开元寺里散去。

到得寺里，那贫难的纷纷的来了。但见：

连肩搭背，络手包头。疯瘫的毡裹臀行，喑哑的铃当口说。磕头撞脑，拿差了拄拐互喧哗；摸壁扶墙，踹错了阴沟相怨帐。闹热热携儿带女，苦凄凄单夫只妻。都念道明中舍去暗中来，真叫做今朝那管明朝事！

那刘员外分付：『大乞儿一贯，小乞儿五百文。』乞儿中有个刘九儿，有一个小孩子，他与大都子商量着道：『我带了这孩子去，只支得一贯。我叫这孩子自认做一户，多落他五百文。你在旁做个证见，帮衬一声，骗得钱来我两个分了，买酒吃。』果然去报了名，认做两户。张郎问道：『这小的另是一家么？』大都子旁边答应道：『另是一家。』就分与他五百钱，刘九儿也都拿着去了。大都子要来分他的。刘九儿道：『这孩子是我的，怎生分得我钱？你须学不得，我有儿子？』大都子道：『我和你说定的，你怎生多要了？你有儿的，便这般强横！』两个打将起来。刘员外问知缘故，叫张郎劝他，怎当得刘九儿不识风色，指着大都子『千绝户，万绝户』的骂道：『我有儿子，是请得钱，干你这绝户的甚事？』张郎脸儿挣得通红，止不住他的口。刘员外已听得明白，大哭道：『俺没儿子的，这等没下梢！』悲哀不止，连妈妈、女儿伤了心，一齐都哭将起来。张郎没做理会处。

散罢，只见一个人落后走来，望着员外、妈妈施礼。你道是谁？正是刘引孙。员外道：『你为何到此？』引孙道：『伯伯、伯娘，前与侄儿的东西，日逐盘费用度尽了。今日闻知在这里散钱，特来借些使用。』员外碍着妈妈在旁，看见妈妈不做声，就假意道：『我前日与你的钱钞，你怎不去做些营生？便是这样没了。』引孙道：『侄儿只会看几行书，不会做什么营生。日日吃用，有减无增，所以没了。』员外道：『也是个不成器的东西！我那有许多钱勾你用！』狠狠要打，妈妈假意相劝，引姐与张郎对他道：『父亲恼哩，舅舅走罢。』引孙只不肯去，苦要求钱。员外将条拄杖，一直的赶将出来，他们都认是真，也不来劝。

引孙前走，员外赶去，走上半里来路，连引孙也不晓其意道：『怎生伯伯也如此作怪起来？』员外见没了人，才叫他一声：『引孙！』引孙扑的跪倒。员外抚着哭道：『我的儿，你伯父没了儿子，受别人的气，我亲骨血只看得你。你伯娘虽然不明理，却也心慈的。只是妇人一时偏见，不看得破，不晓得别人的肉，偎不热。那张郎不是良人，须有日生分起来。我好歹劝化你伯娘转意，你只要时节边勤勤到坟头上去看看，只一两年间，我着你做个大大的财主。今日靴里有两锭钞，我瞒着他们，只做赶打，将来与你。你且拿去盘费两日，把我说的话，不要

忘了！』引孙领诺而去。员外转来，收拾了家去。

张郎见丈人散了许多钱钞，虽也心疼，却道是自今已后，家财再没处走动，尽勾着他了。未免志得意满，自由自主，要另立个铺排，把张家来出景，渐渐把丈人、丈母放在脑后，倒像人家不是刘家的一般。刘员外固然看不得，连那妈妈积祖护他的，也有些不伏气起来。亏得女儿引姐着实在里边调停，怎当得男子汉心性硬劣，只逞自意，那里来顾前管后？亦且女儿家顺着丈夫，日逐惯了，也渐渐有些随着丈夫路上来了，自己也不觉得的，当不得有心的看不过。

一日，时遇清明节令，家家上坟祭祖。张郎既掌把了刘家家私，少不得刘家祖坟要张郎支持去祭扫。张郎端正了春盛担子，先同浑家到坟上去。年年刘家上坟已过，张郎然后到自己祖坟上去。此年张郎自家做主，偏要先到张家祖坟上去。引姐道：『怎么不照旧先在俺家的坟上，等爹妈来上过了再去？』张郎道：『你嫁了我，连你身后也要葬在张家坟里，还先上张家坟是正礼。』引姐拗丈夫不过，只得随他先去上坟不题。

那妈妈同刘员外已后起身，到坟上来。员外问妈妈道：『他们想已到那里多时了。』妈妈道：『这时张郎已摆设得齐齐整整，同女儿也在那里等了。』到得坟前，只见静悄悄地绝无影响。看那坟头，已有人挑些新土盖在上面了，也有些纸钱灰与酒浇的湿土在那里。刘员外心里明知是侄儿引孙到此过了，故意道：『谁曾在此先上过坟了？』对妈妈道：『这又作怪！女儿女婿不曾来，谁上过坟？难道别姓的来不成？』又等了一回，还不见张郎和女儿来。员外等不得，说道：『俺和你先拜了罢，知他们几时来？』拜罢，员外问妈妈道：『俺老两口儿百年之后，在那里埋葬便好？』妈妈指着高冈儿上说道：『这答树木长的似伞儿一般，在这所在埋葬也好。』员外叹口气道：『此处没我和你的份。』指着一块下洼水淹的绝地，道：『我和你只好葬在这里。』妈妈道：『我每又不少钱，凭拣着好的所在，怕不是我们葬？怎么倒在那水渰的绝地？』员外道：『那高口有龙气的，须让他有儿子的葬，要图个后代兴旺。俺和你没有儿子，谁肯让我？只好剩那绝地与我们安骨头。总是没有后代的，不必好地了。』妈妈道：『俺怎生没后代？现有姐姐、姐夫哩。』员外道：『我可忘了，他们还未来，我和你且说闲话。我且问你，我姓什么？』妈妈道：『谁不晓得姓刘？也要问？』员外道：『我姓刘，你可姓甚么？』妈妈道：『我姓李。』员外道：『你姓李，怎么在我刘家门里？』妈妈道：『又好笑，我须是嫁了你刘家来。』员外道：『街上人唤你是「刘妈妈」？唤你是「李妈妈」？』妈妈道：『常言道：「嫁鸡随鸡，嫁狗随狗。」一车骨头半车肉，都属了刘家，怎么叫我做「李妈妈」？』员外道：『元来你这骨头，也属了俺刘家了。这等，女儿姓甚么？』妈妈道：『女儿也姓刘。』员外道：『女婿姓甚么？』妈妈道：『女婿姓张。』员外道：『这等，女儿百年之后，可往俺刘家坟里葬去？还是往张家坟里葬去？』妈妈道：『女儿百年之后，自去张家坟里葬去。』说到这句，妈妈不觉的鼻酸起来。员外晓得有些省了，便道：『却又来！这等怎么叫做得刘门的后代？我们不是绝后的么？』妈妈放声哭将起来道：『员外，怎生直想到这里？俺无儿的，真个好苦！』员外道：『妈妈，你才省了。就没有儿子，但得是刘家门里亲人，也须是一瓜一蒂。生前望坟而拜，死后共土而埋。那女儿只在别家去了，有何交涉？』妈妈被刘员外说得明切，言下大悟。况且平日看见女婿的乔做作，今日又不见同女儿先到，也有好些不像意了。

正说间，只见引孙来坟头收拾铁锹，看见伯父伯娘便拜。此时妈妈不比平日，觉得亲热了好些，问道：『你来此做甚么？』引孙道：『侄儿特来上坟添土来。』妈妈对员外道：『亲的则是亲，引孙也来上过坟，添过土了。他们还不见到。』员外故意恼引孙道：『你为甚上不挑了春盛担子，齐齐整整上坟？却如此草率！』引孙道：『侄儿无钱，只乞化得三杯酒，一块纸，略表表做子孙的心。』员外道：『妈妈，你听说么？那有春盛担子的，为不是子孙，这时还不来哩。』妈妈也老大不过意。员外又问引孙道：『你看那边鸦飞不过的庄宅，石羊石虎的坟头，怎不去？到俺这里做甚么？』妈妈道：『那边的坟，知他是那家？他是刘家子孙，怎不到俺刘家坟上来？』员外道：『妈妈，你才晓得引孙是刘家子孙。你先前可不说姐姐、姐夫是子孙么？』妈妈道：『我起初是错见了，从今以后，侄儿只在我家里住。你是我一家之人，你休记着前日的不是。』引孙道：『这个，侄儿怎敢？』妈妈道：『吃的穿的，我多照管你便了。』员外叫引孙拜谢了妈妈。引孙拜下去道：『全仗伯娘看刘氏一脉，照管孩儿则个。』妈妈簌簌的掉下泪来。

正伤感处，张郎与女儿来了。员外与妈妈问其来迟之故，张郎道：『先到寒家坟上，完了事，才到这里来，所以迟了。』妈妈道：『怎不先来上俺家的坟？要俺老两口儿等这半日？』张郎道：『我是张家子孙，礼上须先完张家的事。』妈妈道：『姐姐呢？』张郎道：『姐姐也是张家媳妇。』妈妈见这几句话，恰恰对着适间所言的，气得目睁口呆，变了色道：『你既是张家的儿子媳妇，怎生掌把着刘家的家私？』劈手就女儿处，把那放钥匙的匣儿夺将过来，道：『已后张自张，刘自刘！』径把匣儿交与引孙了，道：『今后只是俺刘家人当家！』此时连刘员外也不料妈妈如此决断，那张郎与引姐，平日护他惯了的，一发不知在那里说起，老大的没趣，心里道：『怎么连妈妈也变了卦？』竟不知妈妈已被员外劝化得明明白白的了。张郎还指点叫摆祭物，员外、妈妈大怒道：『我刘家祖宗，不吃你张家残食，改日另祭。』各不喜欢而散。

张郎与引姐回到家来，好生埋怨道：『谁匡先上了自家坟，讨得这番发恼不打紧，连家私也夺去与引孙掌把了。这如何气得过？却又是妈妈做主的，一发作怪。』引姐道：『爹妈认道只有引孙一个是刘家亲人，所以如此。当初你待要暗算小梅，他有些知觉，豫先走了。若留得他在时，生下个兄弟，须不让那引孙做天气。况且自己兄弟，还情愿的；让与引孙，实是气不干。』张郎道：『平日又与他冤家对头，如今他当了家，我们倒要在他喉下取气了。怎么好？还不如再求妈妈则个。』引姐道：『是妈妈主的意，如何求得转？我有道理，只叫引孙一样当不成家罢了。』张郎问道：『计将安出？』引姐只不肯说，但道是：『做出便见，不必细问！』

明日，刘员外做个东道，请着邻里人把家私交与引孙掌把。妈妈也是心安意肯的了。引姐晓得这个消息，道是张郎没趣，打发出外去了。自己着人悄悄东庄姑娘处说了，接了小梅家来。元来小梅在东庄分娩，生下一个儿子，已是三岁了。引姐私下寄衣寄食去看觑他母子，只不把家里知道。惟恐张郎晓得，生出别样毒害来，还要等他再长成些，才与父母说破。而今因为气不过引孙做财主，只得去接了他母子来家。

次日来对刘员外道：『爹爹不认女婿做儿子罢，怎么连女儿也不认了？』员外道：『怎么不认？只是不如引孙亲些。』引姐道：『女儿是亲生，怎么倒不如他亲？』员外道：『你须是张家人了，他须是

刘家亲人。』引姐道：『便做道是「亲」，未必就该是他掌把家私！』员外道：『除非再有亲似他的，才夺得他。那里还有？』引姐笑道：『只怕有也不见得。』刘员外与妈妈也只道女儿忿气，说这些话，不在心上。只见女儿走去，叫小梅领了儿子到堂前，对爹妈说道：『这可不是亲似引孙的来了？』员外、妈妈见是小梅，大惊道：『你在那里来？可不道逃走了？』小梅道：『谁逃走？须守着孩儿哩。』员外道：『谁是孩儿？』小梅指着儿子道：『这个不是？』员外又惊又喜道：『这个就是你所生的孩儿？一向怎么说？敢是梦里么？』小梅道：『只问姑娘，便见明白。』员外与妈妈道：『姐姐，快说些个。』引姐道：『父亲不知，听女儿从头细说一遍。当初小梅姨姨有半年身孕，张郎使嫉妒心肠，要所算小梅。女儿想来，父亲有许大年纪，若所算了小梅，便是绝了父亲之嗣。是女儿与小梅商量，将来寄在东庄姑姑家中分娩，得了这个孩儿。这三年，只在东庄姑姑处抚养。身衣口食，多是你女儿照管他的。还指望再长成些，方才说破。今见父亲认道只有引孙是亲人，故此请了他来家。须不比女儿，可不比引孙还亲些么？』小梅也道：『其实亏了姑娘，若当日不如此周全，怎保得今日有这个孩儿！』

刘员外听罢如梦初觉，如醉方醒，心里感激着女儿。小梅又叫儿子不住的叫他『爹爹』，刘员外听得一声，身也麻了。对妈妈道：『元来亲的只是亲，女儿姓刘，到底也还护着刘家，不肯顺从张郎把兄弟坏了。今日有了老生儿，不致绝后，早则不在绝地上安坟了。皆是孝顺女所赐，老夫怎肯知恩不报？如今有个主意：把家私做三分分开：女儿、侄儿、孩儿，各得一分。大家各管家业，和气过日子罢了。』当日叫家人寻了张郎家来，一同引孙及小孩儿拜见了邻舍诸亲，就做了个分家的筵席，尽欢而散。

此后刘妈妈认了真，十分爱惜着孩儿。员外与小梅自不必说，引姐、引孙又各内外保全，张郎虽是嫉妒，也用不着，毕竟培养得孩儿成立起来。此是刘员外广施阴德，到底有后；又恩待骨肉，原受骨肉之报。所谓『亲一支热一支』也。有诗为证：

女婿如何有异图？总因财利令亲疏。
若非孝女关疼热，毕竟刘家有后无？

第三十九回

乔势天师禳旱魃　秉诚县令召甘霖

诗云：

自古有神巫，其术能役鬼。
祸福如烛照，妙解阴阳理。
不独倾公卿，时亦动天子。
岂似后世者，其人总村鄙。
语言甚不伦，偏能惑闾里。
淫祀无虚日，枉杀供牲醴。
安得西门豹，投畀邺河水。

话说男巫女觋，自古有之，汉时谓之『下神』，唐世呼为『见鬼人』。尽能役使鬼神，晓得人家祸福休咎，令人趋避，颇有灵验。所以公卿大夫都有信着他的，甚至朝廷宫闱之中有时召用。此皆有个真传授，可以行得去做得来的，不是荒唐。却是世间的事，有了真的，便有假的。那无知男女，妄称神鬼，假说阴阳，一些影响没有的，也一般会哄动乡民，做张做势的，从古来就有了。直到如今，真有术的巫觋已失其传，无过是些乡里村夫、游嘴老妪，男称太保，女称师娘，假说降神召鬼，哄骗愚人。口里说汉话，便道神道来了。却是脱不得乡气，信口胡柴的，多是不囫囵的官话，杜撰出来的字眼。正经人听了，浑身麻木，忍笑不住的；乡里人信是活灵活现的神道，匾匾的信伏，不知天下曾有那不会讲官话的神道么！又还一件可恨处：见人家有病人来求他，他先前只说：救不得！直到拜求恳切了，口里说出许多牛羊猪狗的愿心来，要这家脱衣典当，杀生害命，还恐怕神道不肯救，啼哭哭的。及至病已犯拙，烧献无效，再不怨怅他、疑心他，只说不曾尽得心，神道不喜欢，见得如此，越烧献得紧了。不知弄人家费多少钱钞，伤多少性命！不过供得他一时乱话，吃得些、骗得些罢了。律上禁止师巫邪术，其法甚严，也还加他『邪术』二字，要见还成一家说话。而今并那邪不成邪，术不成术，一味胡弄，愚民信伏，习以成风，真是痼疾不可解，只好做有识之人的笑柄而已。

苏州有个小民姓夏，见这些师巫兴头，也去投着师父，指望传些真术。岂知费了拜见钱，并无甚术法得传，只教得些游嘴门面的话头，就是祖传来辈辈相授的秘诀，习熟了打点开场施行。其邻有个范春元，名汝舆，最好戏耍。晓得他是头番初试，原没甚本领的，设意要弄他一场笑话，来哄他道：『你初次降神，必须露些灵异出来，人才信服。我忝为你邻人，与你商量个计较，帮衬着你，等别人惊骇方妙。』夏巫道：『相公有何妙计？』范春元道：『明日等你上场时节，吾手里拿着糖糕叫你猜，你一猜就着。我就赞叹起来，这些人自然信服了。』夏巫道：『相公肯如此帮衬小人，小人万幸。』

到得明日，远近多传道『新太保降神』，来观看的甚众。夏巫登场，正在捏神捣鬼，妆憨打痴之际，范春元手中捏着一把物事来问道：『你猜得我掌中何物，便是真神道。』夏巫笑道：『手中是糖糕。』范春元假意拜下去道：『猜得着，果是神明。』即拿手中之物，塞在他口里去。夏巫只道是糖糕，一口接了，谁知不是糖糕滋味，又臭又硬，甚不好吃，欲待吐出，先前猜错了，恐怕露出马脚，只得攒眉忍苦咽了下去。范春元见吃完了，发一誓道：『好神明，吃了干狗屎了！』众人起初看见他吃法烦难，也有些疑心，及见范春元说破，晓得被他做作，尽皆哄然大笑，一时散去。夏巫吃了这场羞，传将开去，此后再弄

不兴了。似此等虚妄之人，该是这样处置他才妙，怎当得愚民要信他骗哄？亏范春元是个读书之人，弄他这些破绽出来。若不然时，又被他胡行了。

范春元不足奇，宋时还有个小人也会不信师巫，弄他一场笑话。华亭金山庙临海边，乃是汉霍将军祠。地方人相传，道是钱王霸吴越时，他曾起阴兵相助，故此崇建灵宫。淳熙末年，庙中有个巫者，因时节边聚集县人，捏神捣鬼，说将军附体宣言，祈祝他的，广有福利。县人信了，纷竞前来。独有钱寺正家一个干仆沈晖，倔强不信，出语谑侮。有与他一班相好的，恐怕他触犯了神明，尽以好言相劝，叫他不可如此戏弄。那庙巫宣言道：『将军甚是恼怒，要来降祸。』沈晖偏与他争辩道：『人生祸福，天做定的，那里什么将军来摆布得我？就是将军有灵，决不附着你这等村蠢之夫，来说祸说福的。』正在争辩之时，沈晖一交跌倒，口流涎沫，登时晕去。内中有同来的，奔告他家里。妻子多来看视，见了这个光景，分明认是得罪神道了，拜着庙巫讨饶。庙巫越妆起腔来道：『悔谢不早，将军盛怒，已执录了精魄，押赴酆都，死在顷刻，救不得了。』庙巫看见晕去不醒，正中下怀，落得大言恐吓。妻子惊惶无计，对着神像只是叩头，又苦苦哀求庙巫，庙巫越把话来说得狠了。妻子只得拊尸恸哭。看的人越多了，相戒道：『神明利害如此，戏谑不得的。』庙巫一发做着天气，十分得意。

只见沈晖在地下扑的跳将起来，众人尽道是强魂所使，俱各惊开。沈晖在人丛中跃出，扭住庙巫，连打数掌道：『我打你这枉口嚼舌的！不要慌，哪曾见我酆都去了？』妻子道：『你适才却怎么来？』沈晖大笑道：『我见这些人信他，故意做这个光景要他一要，有甚么神道来？』庙巫一场没趣，私下走出庙去躲了。合庙之人尽皆散去，从此也再弄不兴了。

看官只看这两件事，你道巫师该信不该信？所以聪明正直之人，再不被那一干人所惑，只好哄愚夫愚妇一窍不通的。小子而今说一个极做天气的巫师，撞着个极不下气的官人，弄出一场极畅快的事来，比着西门豹投巫还觉希罕。正是：

奸欺妄欲言生死，宁知受欺正于此？
世人认做活神明，只合同尝干狗屎。

话说唐武宗会昌年间，有个晋阳县令，姓狄名维谦，乃反周为唐的名臣狄梁公仁杰之后。守官清恪，立心刚正，凡事只从直道上做去。随你强横的他不怕，就上官也多谦让他一分。治得个晋阳户不夜闭，道不拾遗，百姓家家感德衔恩，无不赞叹的。谁知天灾流行，也是晋阳地方一个悔气，虽有这等好官在上，天道一时亢旱起来，自春至夏，四五个月内并无半点雨泽。但见：

田中纹坼，井底尘生。滚滚烟飞，尽是晴光浮动；微微风撼，元来暖气薰蒸。辘轳不绝声，止得泥浆半杓；车戽无虚刻，何来活水一泓？供养着五湖四海行雨龙王，急迫煞八口一家喝风狗命。止有一轮红日炎炎照，那见四野阴云欻欻兴？

旱得那晋阳数百里之地，土燥山焦，港枯泉涸，草木不生，禾苗尽槁。急得那狄县令屏去侍从仪卫，在城隍庙中跌足步祷，不见一些征应。一面减膳羞，禁屠宰，日日行香，夜夜露祷。凡是那救旱之政，没一件不做过了。

话分两头。本州有个无赖邪民，姓郭名赛璞，自幼好习符咒，投着一个并州来的女巫，结为伙伴。名称师兄师妹，其实暗地里当做夫妻，两个一正一副，花嘴骗舌，哄动乡民不消说。亦且男人外边招摇，女人内边蛊惑。连那官室大户人家，也有要祷除灾祸的，也有要祛除疾病的，也有夫妻不睦要他魇样和好的，也有妻妾相妒要他各使魇魅的，种种不一。弄得太原州界内七颠八倒。本州监军使，乃是内监出身。这些太监心性，一发敬信的了不得。监军使适要朝京，因为那时朝廷也重这些左道异术，郭赛璞与女巫便思量随着监军使之便，到京师走走，图些侥幸。那监军使也要作兴他们，主张带了他们去。

到得京师，真是五方杂聚之所，奸宄易藏，邪言易播。他们施符设咒，救病除妖，偶然撞着小小有些应验，便一传两，两传三，各处传将开去，道是异人异术，分明是一对活神仙在京里了。及至来见他的，他们习着这些大言不惭的话头，见神见鬼，说得活灵活现；又且两个一鼓一板，你强我赛，除非是正人君子不为所惑，随你咤嚒伶俐的好汉，但是一分信着鬼神的，没一个不着他道儿。外边既已哄传其名，又因监军使到北司各监赞扬，弄得这些太监往来的多了，女巫遂得出入宫掖，时有恩赉；又得太监们帮衬之力，夤缘圣旨，男女巫俱得赐号『天师』。元来唐时崇尚道术，道号天师，僧赐紫衣，多是不以为意的事。却也没个什么职掌衙门，也不是什么正经品职，不过取得名声好听，恐动乡里而已。郭赛璞既得此号，便思荣归故乡，同了这女巫仍旧到太原州来。此时无大无小无贵无贱，尽称他每为天师。他也妆模作样，一发与未进京的时节，气势大不同了。

正值晋阳大旱之际，无计可施，狄县令出着告示道：『不拘官吏军民人等，如有能兴云致雨，本县不惜重礼酬谢。』告示既出，有县里一班父老率领着若干百姓，来禀县令道：『本州郭天师符术高妙，名满京都，天子尚然加礼，若得他一至本县祠中，那祈求雨泽，如反掌之易。只恐他尊贵，不能勾得他来。须得相公虔诚敦请，必求其至，以救百姓，百姓便有再生之望了。』狄县令道：『若果然其术有灵，我岂不能为着百姓屈己求他？只恐此辈是大奸猾，煽起浮名，未必有真本事。亦且假窃声号，妄自尊大，请得他来，徒增尔辈一番骚扰，不能有益。不如就近访那真正好道，潜修得力的，未必无人，或者有得出来应募，定胜此辈虚嚣的一倍。本县所以未敢慕名，开此妄端耳。』父老道：『相公所见固是。但天下有其名必有其实，现放着那朝野闻名咤嚒的天师不求，还那里去另访得道的？这是「现钟不打，又去炼铜」了。若相公恐怕供给烦难，百姓们情愿照里递人丁派出做公费，只要相公做主，求得天师来，便莫大之恩了。』县令道：『你们所见既定，我何所惜？』

于是，县令备着花红表里，写着恳请书启，差个知事的吏典，代县令亲身行礼，备述来意已毕。天师意态甚是倨傲，听了一回，慢然答道：『要祈雨么？』众人叩头道：『正是。』天师笑道：『亢旱乃是天意，必是本方百姓罪业深重，又且本县官吏贪污不道，上天降罚，见得如此。我等奉天行道，怎肯违了天心，替你们祈雨？』众人又叩头道：『若说本县县官，甚是清正有余，因为小民作业，上天降灾。县官心生不忍，特慕天师大名，敢来礼聘屈尊到县，祈请一坛甘雨，万勿推却。万民感戴。』天师又笑道：『我等岂肯轻易赴汝小县之请？』再三不肯。

吏典等回来回复了狄县令，父老同百姓等多哭道：『天师不肯来，我辈眼见得不能存活了。还是县宰相公再行敦请，是必要他一来便好。』县令没奈何，只得又加礼物，添差了人，另写了恳切书启。又申个文书到州里，央州将分上，恳请必来。州将见县间如此勤恳，只得自去拜望天师，求他一行。天师见州将自来，不得已，方才许诺。众人见

天师肯行，欢声动地，恨不得连身子都许下他来。天师叫备男女轿各一乘，同着女师前往。这边吏典父老人等，惟命是从，敢不齐整？备着男女二轿，多结束得分外鲜明，一路上秉香燃烛，幢幡宝盖，真似迎着一双活佛来了。到得晋阳界上，狄县令当先迎着，他两人出了轿，与县令见礼毕。县令把着盏，替他两个上了花红彩缎，鞴过马来换了轿，县令亲替他笼着马，鼓乐前导，迎至祠中。先摆着下马酒筵，极其丰盛，就把铺陈行李之类，收拾在祠后洁净房内，县令道了安置，别了自去，专候明日作用，不题。

却说天师到房中对女巫道：『此县中要我每祈雨，意思虔诚，礼仪丰厚，只好这等了。满县官吏人民，个个仰望着下雨，假若我们做张做势，造化撞着了下雨便好；倘不遇巧，怎生打发得这些人？』女巫道：『枉叫你弄了若干年代把戏，这样小事就费计较。明日我每只把雨期约得远些，天气晴得久了，好歹多少下些；有一两点洒洒便算是我们功德了。万一到底不下，只是寻他们事故，左也是他不是，右也是他不是，弄得他们不耐烦，我们做个天气，只是撇着要去，不肯再留，那时只道恼了我们性子，攀留不住。自家只好忙乱，那个还来议我们的背后不成？』天师道：『有理，有理。他既十分敬重我们，料不敢拿我们破绽，只是老着脸皮做便了。』商量已定。

次日，县令到祠请祈雨。天师传命：就于祠前设立小坛停当。天师同女巫在城隍神前，口里胡言乱语的说了好些鬼话，一同上坛来。天师登位，敲动令牌；女巫将着九环单皮鼓打的厮琅琅价响，烧了好几道符。天师站在高处，四下一望，看见东北上微微有些云气，思量道：『夏雨北风生，莫不是数日内有雨？落得先说破了，做个人情。』下坛来对县令道：『我为你飞符上界请雨，已奉上帝命下了，只要你们至诚，三日后雨当沾足。』这句说话传开去，万民无不踊跃喜欢。四郊士庶多来团集了，只等下雨。悬悬望到三日期满，只见天气越晴得正路了：

烈日当空，浮云扫净。蝗蝻得意，乘热气以飞扬；鱼鳖潜踪，在汤池而跼蹐。轻风罕见，直挺挺不动五方旗；点雨无征，苦哀哀只闻一路哭。

县令同了若干百姓来问天师道：『三日期已满，怎不见一些影响？』天师道：『灾沴必非虚生，实由县令无德，故此上天不应。我今为你虔诚再告。』狄县令见说他无德，自己引罪道：『下官不职，灾祸自当，怎忍贻累于百姓！万望天师曲为周庇，宁使折尽下官福算，换得一场雨泽，救取万民，不胜感戴。』天师道：『亢旱必有旱魃，我今为你一面祈求雨泽，一面搜寻旱魃，保你七日之期，自然有雨。』县令道：『旱魃之说，诗书有之，只是如何搜寻？』天师道：『此不过在民间，你不要管我。』县令道：『果然搜寻得出，致得雨来，但凭天师行事。』天师就令女巫到民间各处寻旱魃，但见民间有怀胎十月将足者，便道是旱魃在腹内，要将药堕下他来。民间多慌了。他又自恃是女人，没一家内室不走进去。但是有娠孕的，多瞒他不过。富家恐怕出丑，只得将钱财买嘱他，所得贿赂无算。只把一两家贫妇带到官来，只说是旱魃之母，将水浇他。县令明知无干，敢怒而不敢言，只是尽意奉承他。到了七日，天色仍复如旧，毫无效验。有诗为证：

旱魃如何在妇胎？奸徒设计诈人财。
虽然不是祈禳法，只合雷声头上来。

如此作为，十日有多。天不凑趣，假如肯轻轻松松洒下了几点，也要算他功劳，满场卖弄本事，受酬谢去了。怎当得干雷也不打一个？两

人自觉没趣，推道是：『此方未该有雨，担阁在此无用。』一面收拾，立刻要还本州。这些愚騃百姓，一发慌了，嚷道：『天师在此尚然不能下雨；若天师去了，这雨再下不成了。岂非一方百姓该死？』多来苦告县令，定要攀留。

县令极是爱百姓的，顺着民情，只得去拜告苦留，道：『天师既然肯为百姓，特地来此，还求至心祈祷，必求个应验，救此一方，如何做个劳而无功去了？』天师被县令礼求，百姓苦告，无言可答。自想道：『若不放下个脸来，怎生缠得过？』勃然变色，骂县令道：『庸琐官人，不知天道！你做官不才，本方该灾。天时不肯下雨，留我在此何干？』县令不敢回言与辩，但称谢道：『本方有罪，自干天谴，非敢更烦天师，但特地劳渎天师到此一番，明日须要治酒奉饯，所以屈留一宿。』天师方才和颜道：『明日必不可迟了。』

县令别去，自到衙门里来。召集衙门中人，对他道：『此辈猾徒，我明知矫诬无益，只因愚民轻信，只道我做官的不肯屈意，以致不能得雨。而今我奉事之礼，祈恳之诚，已无所不尽，只好这等了。他不说自己邪妄没力量，反将恶语詈我。我忝居人上，今为巫者所辱，岂可复言为官耶！明日我若有所指挥，你等须要一一依我而行，不管有甚好歹是非，我身自当之，你们不可迟疑落后了。』这个狄县令一向威严，又且德政在人，个个信服。他的分付那一个不依从的？当日衙门人等，俱各领命而散。

次早县门未开，已报天师严饬归骑，一面催促起身了。管办吏来问道：『今日相公与天师饯行，酒席还是设在县里，还是设在祠里，也要预先整备才好，怕一时来不迭。』县令冷笑道：『有甚来不迭？』竟叫打头踏到祠中来，与天师送行。随从的人多疑心道：『酒席未曾见备，如何送行？』那边祠中天师也道：『县官既然送行，不知设在县中还是祠中？如何不见一些动静？』等着心焦，正在祠中发作道：『这样怠慢的县官，怎得天肯下雨？』须臾间，县令已到。天师还带着怒色，同女巫一齐嚷道：『我们要回去的，如何没些事故担阁我们？甚么道理？既要饯行，何不快些？』县令改容大喝道：『大胆的奸徒！你左道女巫，妖惑日久，撞在我手，当须死在今日，还敢说归去么？』喝一声：『左右，拿下！』官长分付，从人怎敢不从？一伙公人暴雷也似答应一声，提了铁链，如鹰拿燕雀，把两人扣脰颈锁了，扭将下来。县令先告城隍道：『龌龊妖徒，哄骗愚民，诬妄神道，今日请为神明除之。』喝令按倒在城隍面前道：『我今与你二人饯行。』各鞭背二十，打得皮开肉绽，血溅庭阶。鞭罢，捆缚起来，投在祠前潭水之内。可笑郭赛璞与并州女巫做了一世邪人，今日死于非命。

强项官人不受挫，妄作妖巫干托大。
神前杖背神不灵，瓦罐不离井上破。

狄县令立刻之间除了两个天师，左右尽皆失色。有老成的来禀道：『欺妄之徒，相公除了甚当。只是天师之号，朝廷所赐，万一上司嗔怪，朝廷罪责，如之奈何？』县令道：『此辈人无根绊，有权术，留下他冤仇不解，必受他中伤。既死之后，如飞蓬断梗，还有什么亲识故旧来党护他的？即使朝廷责我擅杀，我拼着一官便了，没甚大事。』众皆唯唯，服其胆量。

县令又自想道：『我除了天师，若雨泽仍旧不降，无知愚民越要归咎于我，道是得罪神明之故了。我想神明在上，有感必通，妄诞庸奴，原非感格之辈。若堂堂县宰为民请命，岂有一念至诚不蒙鉴察之理？』遂叩首神前虔祷道：『诬妄奸徒，身行秽事，口出诬言，玷污

神德，谨已诛讫。上天雨泽，既不轻徇妖妄，必当鉴念正直。再无感应，是神明不灵，善恶无别矣。若果系县令不德，罪止一身，不宜重害百姓。今叩首神前，维谦发心，从此在祠后高冈烈日之中，立曝其身；不得雨，情愿槁死，誓不休息。』言毕再拜而出。那祠后有山，高可十丈，县令即命设席焚香，簪冠执笏，朝服独立于上。分付从吏俱各散去听候。

阖城士民听知县令如此行事，大家骇愕起来道：『天师如何打死得的？天师决定不死。邑长惹了他，必有奇祸，如何是好？』又见说道：『县令在祠后高冈上，烈日中自行曝晒，祈祷上天去了。』于是奔走纷纭，尽来观看，搅做了人山人海，城墙也似砌将拢来。可煞怪异！真是来意至诚，无不感应。起初县令步到冈上之时，炎威正炽，砂石流铁，待等县令站得脚定了，忽然一片黑云推将起来，大如车盖，恰恰把县令所立之处遮得无一点日光。四周日色尽晒他不着。自此一片起来，四下里慢慢黑云团圈接着，与起初这覆顶的混做一块生成了，雷震数声，甘雨大注。但见：

千山叆叇，万境昏霾。溅沫飞流，空中宛转群龙舞；怒号狂啸，野外奔腾万骑来。闪烁烁曳两道流光，闹轰轰鸣几声连鼓。淋漓无已，只教农子心欢；震叠不停，最是恶人胆怯。

这场雨足足下了一个多时辰，直下得沟盈浍满，原野滂流。士民拍手欢呼，感激县令相公为民辛苦，论万数千的跑上冈来，簇拥着狄公自山而下。脱下长衣当了伞子遮着雨点，老幼妇女拖泥带水，连路只是叩头赞诵。狄公反有好些不过意道：『快不要如此。此天意救民，本县何德？』怎当得众人愚迷的多，不晓得精诚所感，但见县官打杀了天师，又会得祈雨，毕竟神通广大，手段又比天师高强，把先前崇奉天师师，做了水中淹死鬼，不知几时得超升哩。世人酷信巫师的，当熟看此段话文。有诗为证：

尽道天师术有灵，如何水底不回生？
试看甘雨随车后，始信如神是至诚。

这些虔诚，多移在县令身上了。县令到厅，分付百姓各散。随取了各乡各堡雨数尺寸文书，申报上司去。

那时州将在州，先闻得县官杖杀巫者，也有些怪他轻举妄动，道是礼请去的，纵不得雨，何至于死？若毕竟请雨不得，岂不在杀无辜？乃见文书上来，报着四郊雨足，又见百姓雪片也似投状来，称赞县令曝身致雨许多好处，州将才晓得县令正人君子，政绩殊常，深加叹异。有心要表扬他，又恐朝廷怪他杖杀巫者，只得上表一道，明列其事。内中大略云：

郭巫等偎琐细民，妖诬惑众。盗窃名号，总属夤缘。及在乡里，渎神害下，凌轹邑长。守土之官，为民诛之，亦不为过。狄某力足除奸，诚能动物，曝躯致雨，具见异绩。圣世能臣，礼宜优异云云。

其时藩镇有权，州将表上，朝廷不敢有异，亦且郭巫等原系无藉棍徒，一时在京冒滥宠幸，到得出外多时，京中原无羽翼心腹，记他在心上的。就打死了，没人仇恨，名虽天师，只当杀个平民罢了。果然不出狄县令所料。

那晋阳是彼时北京，一时狄县令政声，朝野喧传，尽皆钦服其人品。不一日，诏书下来褒异。诏云：

维谦剧邑良才，忠臣华胄。睹兹天厉，将瘅下民。当请祷于晋祠，类投巫于邺县。曝山椒之畏景，事等焚躯；起天际之油云，情同剪爪。遂使旱风潜息，甘泽旋流。吴天犹鉴克诚，予意岂忘褒善？特颁朱绂，俾耀铜章。勿替令名，更昭殊绩。

当下赐钱五十万，以赏其功。从此，狄县令遂为唐朝名臣，后来升任去后，本县百姓感他，建造生祠，香火不绝。祈晴祷雨，无不应验。只是一念刚正，见得如此。可见邪不能胜正。那些乔妆做势的巫

第四十回

华阴道独逢异客　江陵郡三拆仙书

诗云：

人生凡事有前期，尤是功名难强为。
多少英雄埋没杀，只因莫与指途迷。

话说人生只有科第一事，最是黑暗，没有甚定准的。自古道『文齐福不齐』，随你胸中锦绣，笔下龙蛇，若是命运不对，倒不如乳臭小儿、卖菜佣早登科甲去了。就如唐时以诗取士，那李、杜、王、孟不是万世推尊的诗祖？却是李、杜俱不得成进士，孟浩然连官多没有，止有王摩诘一人有科第，又还亏得岐王帮衬，把《郁轮袍》打了九公主夫节，才夺得解头。若不会夤缘钻刺，也是不稳的。只这四大家尚且如此，何况他人？及至诗不成诗，而今世上不传一首的，当时登第的元不少。看官，你道有什么清头在那里？所以说：

文章自古无凭据，惟愿朱衣一点头。

说话的，依你这样说起来，人多不消得读书勤学，只靠着命中福分罢了。看官，不是这话。又道是：『尽其在我，听其在天。』只这些福分又赶着兴头走的，那奋发不过的人终久容易得些，也是常理。故此说：『皇天不负苦心人。』毕竟水到渠成，应得的多。但是科场中鬼神弄人，只有那该侥幸的时来福凑，该迍邅的七颠八倒，这两项吓死人！先听小子说几件科场中事体，做个起头。

有个该中了，撞着人来帮衬的。湖广有个举人姓何，在京师中会试，偶入酒肆，见一伙青衣大帽人在肆中饮酒。听他说话半文半俗，看他气质，假斯文带些光棍腔。何举人另在一座，自斟自酌。这些人见他独自一个寂寞，便来邀他同坐。何举人不辞，就便随和欢畅。这些人道是不做腔，肯入队，且又好相与，尽多快活。吃罢散去。隔了几日，何举人在长安街过，只见一人醉卧路旁，衣帽多被尘土染污。仔细一看，却认得是前日酒肆里同吃酒的内中一人，也是何举人忠厚处，见他醉后狼藉不像样，走近身扶起他来。其人也有些醒了，张目一看，见是何举人扶他，把手拍一拍臂膊，哈哈笑道：『相公造化到了。』就伸手袖中解出一条汗巾来，汗巾结里裹着一个两指大的小封儿，对何举人道：『可拿到下处自看。』何举人不知其意，袖了到下处去。下处有好几位同会试的在那里，何举人也不道是什么机密勾当，不以为意，竟在众人面前拆开看时，乃是六个《四书》题目，八个经题目，共十四个。同寓人见了，问道：『此自何来？』何举人把前日酒肆同饮，今日跌倒街上的话，说了一遍，道：『是这个人与我的，我也不知何来。』同寓人道：『这是光棍们假作此等哄人的，不要信他。』独有一个姓安的心里道：『便是假的何妨？我们落得做做熟也好。』就与何举人约了，每题各做一篇，又在书坊中寻刻的好文，参酌改定。后来入场，七个题目都在这里面的，二人多是预先做下的文字，皆得登第。元来这个醉卧的人乃是大主考的书办，在他书房中抄得这张题目，乃是一正一副在内。朦胧醉中，见了何举人扶他，喜欢，与了他。也是他机缘辐辏，又挈带了一个姓安的。这些同寓不信的人，可不是命里不该，当面错过？

醉卧者人，吐露者神。
信与不信，命从此分。

有个该中了，撞着鬼来帮衬的。扬州兴化县举子，应应天乡试，头场日齁睡一日不醒，号军叫他起来，日已晚了，正自心慌，且到号底厕上走走。只见厕中已有一个举子在里头，问兴化举子道：『兄文成未？』答道：『正因睡了失觉，一字未成，了不得在这里。』厕中举子道：『吾文皆成，写在王讳纸上，今疾作，誊不得了，兄文既未有，吾当赠兄罢。他日中了，可谢我百金。』兴化举子不胜之喜。厕中举子就把一张王讳纸递过来，果然六篇多明明白白写完在上面，说道：『小弟姓某名某，是应天府学。家在僻乡，城中有卖柴牙人某人，是我侄，可一访之，便可寻我家了。』兴化举子领诺，拿到号房照他写的誊了，得以完卷。进过三场，揭晓果中。急持百金，往寻卖柴牙人，问他叔子家里。那牙人道：『有个叔子，上科正患痢疾进场，死在场中了。今科那得还有一个叔子？』举子大骇，晓得是鬼来帮他中的，同了牙人直到他家，将百金为谢。其家甚贫，梦里也不料有此百金之得，阖家大喜。这举子只当百金买了一个春元。

一点文心，至死不磨。
上科之鬼，能助今科。

有个该中了，撞着神借人来帮衬的。宁波有两生，同在鉴湖育王寺读书。一生儇巧，一生拙诚。那拙的信佛，每早晚必焚香在大士座前祷告：『愿求明示场中七题。』那巧的见他匍匐不休，心中笑他痴呆，思量要要他一耍，遂将一张大纸自拟了七题，把佛香烧成字，放在香几下。拙的明日早起拜神，看见了，大信，道是大士有灵，果然密授秘妙。依题遍采坊刻佳文，名友窗课，模拟成七篇好文，熟记不忘。巧的见他信以为实，如此举动，道是被作弄着了，背地暗笑他着鬼。岂知进到场中，七题一个也不差，一挥而出，竟得中式。这不是大士借那儇巧的手，明把题目与他的？

拙以诚求，巧者为用。
鬼神机权，妙于簸弄。

有个该中了，自己精灵现出帮衬的。湖广乡试日，某公在场阅卷倦了，朦胧打盹。只听得耳畔叹息道：『穷死穷死！救穷救穷！』惊醒来想一想道：『此必是有士子要中的作怪了。』仔细听听，声在一箱中出，伸手取卷，每拾起一卷，耳边低低道：『不是。』如此屡屡，落后一卷，听得耳边道：『正是。』某公看看，文字果好，取中之，其声就止。出榜后，本生来见。某公问道：『场后有何异境？』本生道：『没有。』某公道：『场中甚有影响，生平好讲甚么话？』本生道：『门生家寒不堪，在窗下每作一文成，只呼「穷死救穷」，以此为常，别无他话。』某公乃言阅卷时耳中所闻如此，说了共相叹异，连本生也不知道怎地起的。这不是自己一念坚切，精灵活现么！

精诚所至，金石为开。
果然勇猛，自有神来。

有个该中了，人与鬼神两相凑巧帮衬的。浙场有个士子，原是少年饱学，走过了好几科，多不得中。落后一科，年纪已长，也不做指望了。幸得有了科举，图进场完故事而已。进场之夜，忽梦见有人对他道：『你今年必中，但不可写一个字在卷上，若写了，就不中了，只可交白卷。』士子醒来道：『这样梦也做得奇，天下有这事么？』不以为意。进场领卷，正要构思下笔，只听得耳边厢又如此说道：『决写不得的。』他心里疑道：『好不作怪？』把题目想了一想，头红面热，一字也付不来，就暴躁起来道：『都管是又不该中了，所以如此。』闷闷睡去。只见祖、父俱来分付道：『你万万不可写一字，包你得中便了。』醒来叹道：『这怎么解？如此梦魂缠扰，料无佳思，吃苦做什么？落得不做，投了白卷出去罢！』出了场来。自道头一个就是他贴出，不许进二场了。只见试院开门，贴出许多不合式的来：有不完篇的，有

初刻拍案惊奇

脱了稿的，有差写题目的，纷纷不计其数。正拣他一字没有的，不在其内，倒哈哈大笑道：『这些弥封对读的，多失了魂了！』隔了两日不见动静，随众又进二场，也只是见不贴出，瞒生人眼，进去戏耍罢了。才捏得笔，耳边又如此说。他自笑道：『不劳分付，头场白卷，二场写他则甚？世间也没这样骇子。』游衍了半日，交卷而出。道：『这番决难逃了！』只见第二场又贴出许多，仍复没有己名，自家也好生诧异。又随众进了三场，又交了白卷，自不必说。朋友们见他进过三场，多来请教文字，他只好背地暗笑，不好说得。到得榜发，公然榜上有名高中了。他只当是个梦，全不知是那里来的。随着赴鹿鸣宴风骚，真是十分侥幸。领出卷来看，三场俱完好，且是锦绣满纸，惊得目睁口呆，不知其故？元来弥封所两个进士知县，多是少年科第，有意思的，道是不进得内廉，心中不伏气。见了题目，有些技痒，要做一卷，试试手段，看还中得与否？只苦没个用印卷子，虽有个把不完卷的，递将上来，却也有一篇半篇，先写在上了，用不着的。已后得了此白卷，心中大喜。他两个记着姓名，便你一篇我一篇，共相斟酌改订，凑成好卷，弥封了发去誊录。三场皆如此，果然中了出来。两个进士暗地得意，道是这人有天生造化。反着人寻将他来，问其白卷之故。此生把梦寐叮嘱之事，场中耳畔之言，一一说了。两个进士道：『我两人偶然之兴，皆是天教代足下执笔的。』此生感激无尽，认做了相知门生。

张公吃酒，李公却醉。
命若该时，一字不费。

这多是该中的话了。若是不该中，也会千奇万怪起来。

有一个不该中，鬼神反来耍他的。万历癸未年，有个举人管九皋赴会试。场前梦见神人传示七个题目，醒来个个记得，第二日寻坊间文，拣好的熟记了。入场，七题皆合，喜不自胜。信笔将所熟文字写完，不劳思索，自道是得了神助，心中无疑。谁知是年主考厌薄时文，尽搜括坊间同题文字入内磨对，有试卷相同的，便涂坏了。管君为此竟不得中，只得选了官去。若非先梦七题，自家出手去做，还未见得不好，这不是鬼神明明耍他？

梦是先机，番成悔气。
鬼善揶揄，直同儿戏。

有一个不该中强中了，鬼神来摆布他的。浙江山阴士人诸葛一鸣，在本处山中发愤读书，不回过岁。隆庆庚午年，元旦未晓，起身梳洗，将往神祠中祷祈，途间遇一群人喝道而来。心里疑道：『山中安得有此？』忙立在旁细看，只见鼓吹前导，马上簇拥着一件东西。落后贵人到，乃一金甲神也。一鸣明知是阴间神道，迎上前来拜问道：『尊神前驱所迎何物？』神道：『今科举子榜。』一鸣道：『小生某人，正是秀才，榜上有名否？』神道：『没有。君名在下科榜上。』一鸣道：『小生家贫等不得，尊神可移早一科否？』神道：『事甚难。然与君相遇，亦有缘。试为君图之。若得中，须多焚楮钱，我要去使用，才安稳。不然，我亦有罪犯。』一鸣许诺。及后边榜发，一鸣名在末行，上有丹印。缘是数已填满，一个教官将着一鸣卷竭力来荐，至见诸声色。主者不得已，割去榜末一名，将一鸣填补。此是鬼神在暗中作用。一鸣得中，甚喜，匆匆忘了烧楮钱。赴宴归寓，见一鬼披发在马前哭道：『我为你受祸了。』一鸣认看，正是先前金甲神，甚不过意道：『不知还可焚钱相救否？』鬼道：『事已迟了，还可相助。』一鸣买些楮钱烧了。及到会试，鬼复来道：『我能助公登第，预报七题。』一鸣打点了进去，果然不差。一鸣大喜。到第二场，将到进去了，鬼才来报题。一鸣道：『来

不及了。』鬼道：『将文字放在头巾内带了进去，我遮护你便了。』一鸣依了他。到得监试面前，不消搜得，巾中文早已坠下，算个怀挟作弊，当时打了枷号示众，前程削夺。此乃鬼来报前怨作弄他的，可见命未该中，只早一科也是强不得的。

躁于求售，并丧厥有。
人耶鬼耶？各任其咎。

看官，只看小子说这几端，可见功名定数，毫不可强。所以道：

窗下莫言命，场中不论文。

世间人总在这定数内，被他哄得昏头昏脑的。小子而今说一段指破功名定数的故事，来完这回正话。

唐时有个江陵副使李君，他少年未第时，自洛阳赴长安进士举，经过华阴道中，下店歇宿。只见先有一个白衣人在店。虽然浑身布素，却是骨秀神清，丰格出众。店中人甚多，也不把他放在心上。李君是个聪明有才思的人，便瞧科在眼里道：『此人决然非凡。』就把坐来移近了，把两句话来请问他。只见谈吐如流，百叩百应。李君愈加敬重，与他围炉同饮，款治倍常。明日一路同行，至昭应，李君道：『小弟慕足下尘外高踪，意欲结为兄弟，倘蒙不弃，伏乞见教姓名年岁，以便称呼。』白衣人道：『我无姓名，亦无年岁，你以兄称我，以兄礼事我可也。』李君依言，当下结拜为兄。至晚对李君道：『我隐居西岳，偶出游行，甚荷郎君相厚之意，我有事故，明旦先要往城，不得奉陪，如何？』李君道：『邂逅幸与高贤结契，今遽相别，不识有甚言语指教小弟否？』白衣人道：『郎君莫不要知后来事否？』李君再拜，恳请道：『若得预知后来事，足可趋避，省得在黑暗中行，不胜至愿。』白衣人道：『仙机不可泄漏，吾当缄封三书与郎君，日后自有应验。』李

君道：『所以奉恳，专贵在先知后事，若直待事后有验，要晓得他怎的？』白衣人道：『不如此说。凡人功名富贵，虽自有定数，但吾能前知，便可为郎君指引。若到其间开他，自身用处，可以周全郎君富贵。』李君见说，欣然请教。白衣人乃取纸笔，在月下不知写些什么，折做三个柬，外用三个封封了，拿来交与李君，道：『此三封，郎君一生要紧事体在内，封有次第，内中有秘语，直到至急时方可依次而开，开后自有应验。依着做去，当得便宜。若无急事，漫自开他，一毫无益的。切记，切记。』李君再拜领受，珍藏箧中。次日，各相别去。李君到了长安，应过进士举，不得中第。

李君父亲在时，是松滋令，家事颇饶，只因带了宦囊，到京营求升迁，病死客邸，宦囊一空。李君痛父沦丧，门户萧条，意欲中第才归，重整门阀。家中多带盘缠，拚住京师，不中不休。自恃才高，道是举手可得，如拾芥之易。怎知命运不对，连应过五六举，只是下第，盘缠多用尽了。欲待归去，无有路费；欲待住下，以俟再举，没了赁房之资，求容足之地也无。左难右难，没个是处。正在焦急头上，猛然想道：『仙兄有书，分付道：「有急方开。」今日已是穷极无聊，此不为急，还要急到那里去？不免开他头一封，看是如何？』然是仙书，不可造次。是夜沐浴斋素，到第二日清旦，焚香一炉，再拜祷告道：『弟子只因穷困，敢开仙兄第一封书，只望明指迷途则个。』告罢，拆开外封，里面又有一小封，面上写着道：『某年月日，以困迫无资用，开第一封。』李君大惊道：『真神仙也！如何就晓得今日前光景？且开封的月日俱不差一毫，可见正该开的，内中必有奇处。』就拆开小封来看，封内另有一纸，写着不多几个字：『可青龙寺门前坐。』看罢，晓得有些奇怪，怎敢不依？只是疑心道：『到那里去何干？』问问青龙寺远近，元来离住处有五十多里路。李君只得骑了一头蹇驴，迤逦走到寺前，日色已将晚了。果然依着书中言语，在门槛上呆呆地坐了一回，不见甚么动静。天昏黑下来，心里有些着急，又想了仙书，自家好笑道：『好痴子，这里坐，可是有得钱来的么？不相望钱，今夜且没讨宿处了。怎么处？』

正迟疑间，只见寺中有人行走响，看看至近，却是寺中主僧和个行者来关前门，见了李君问道：『客是何人，坐在此间？』李君道：『驴弱居远，天色已晚，前去不得，将寄宿于此。』主僧道：『门外风寒，岂是宿处？且请到院中来。』李君推托道：『造次不敢惊动。』主僧再三邀进，只得牵了蹇驴，随着进来。主僧见是士人，具馔烹茶，不敢怠慢。饮间，主僧熟视李君，上上下下估着，看了一回，就转头去与行童说一番，笑一番。李君不解其意，又不好问得。只见主僧耐了一回，突然问道：『郎君何姓？』李君道：『姓李。』主僧惊道：『果然姓李！』李君道：『见说贱姓，如此着惊，何故？』主僧道：『松滋李长官是郎君盛族，相识否？』李君站起身，颦蹙道：『正是某先人也。』主僧不觉垂泪不已，说道：『老僧与令先翁长官久托故旧，往还不薄。适见郎君丰仪酷似长官，所以惊疑。不料果是。老僧奉求已多日，今日得遇，实为万幸。』

李君见说着父亲，心下感伤，涕流被面道：『不晓得老师与先人旧识，顷间造次失礼。然适闻相求弟子已久，不解何故？』主僧道：『长官昔年将钱物到此求官，得疾狼狈，有钱二千贯，寄在老僧常住库中。后来一病不起，此钱无处发付。老僧自是以来，心中常如有重负，不能释然。今得郎君到此，完此公案，老僧此生无事矣。』李君道：『向来但知先人客死，宦囊无迹，不知却寄在老师这里。然此事

初刻拍案惊奇

无个证见，非老师高谊在古人之上，怎肯不昧其事，反加意寻访？重劳记念，此德难忘。』主僧道：『老僧世外之人，要钱何用？何况他人之财，岂可没为己有，自增罪业？老僧只怕受托不终，致负夙债，贻累来生，今幸得了此心事，魂梦皆安。老僧看郎君行况萧条，明日但留下文书一纸，做个执照，尽数辇去为旅邸之资，尽可营生，尊翁长官之目也瞑了。』李君悲喜交集，悲则悲着父亲遗念，喜则喜着顿得多钱。称谢主僧不尽，又自念仙书之验如此，真希有事也。

青龙寺主古人徒，受托钱财谊不诬。
贫子衣珠易故在，若非仙诀可能符。

是晚主僧留住安宿，殷勤相待。次日尽将原镪二千贯发出，交明与李君。李君写个收领文字，遂雇骡驮载，珍重而别。

李君从此买宅长安，顿成富家。李君一向门阀清贵，只因生计无定，连妻子也不娶得。今长安中大家见他富盛起来，又是旧家门望，就有媒人来说亲与他。他娶下成婚，作久住之计。

又应过两次举，只是不第，年纪看看长了。亲戚朋友仆从等多劝他：『且图一官，以为终身之计，如何被科名骗老了？』李君自恃才高，且家有余资，不愁衣食，自道：『只争得此一步，差好多光景，怎肯甘心就住，让那才不如我的得意了，做尽天气？且索再守他次把做处。』本年又应一举，仍复不第，连前却满十次了。心里虽是不伏气，却是递年打毷氉，也觉得不耐烦了。说话的，如何叫得打毷氉？看官听说：唐时榜发后，与不第的举子吃解闷酒，浑名『打毷氉』。此样酒席，可是吃得十来番起的？李君要住住手，又割舍不得；要宽心再等，不但撺掇的人多，自家也觉争气不出了。况且妻子又未免图他一官半职荣贵，耳边日常把些不入机的话来激聒，一发不知怎地好，竟自没了生意，含着一眶眼泪道：『一歇了手，终身是个不第举子，就侥幸官职高贵，也说不响了。』踌躇不定几时，猛然想道：『我仙兄有书道「急时可开」，此时虽无非常急事，却是住与不住，是我一生了当的事，关头所差不小，何不开他第二封一看，以为行止？』主意定了，又斋戒沐浴。次日清旦，启开外封，只见里面写道：『某年月日，以将罢举，开第二封。』李君大喜道：『元来原该是今日开的，既然开得不差，里面必有决断，吾终身可定了。』忙又开了小封看时，也不多几个字，写着：『可西市鞦辔行头坐。』李君看了道：『这又怎么解？我只道明明说个还该应举不应举，却又是哑谜。当日青龙寺，须有个寺僧欠钱；这个西市鞦辔行头，难道有人欠我及第的债不成？但是仙兄说话不曾差了一些，只索依他走去，看是甚么缘故。却其实有些好笑。』自言自语了一回，只得依言一直走去。

走到那里，自想道：『可在那处坐好？』一眼望去，一个去处，但见：

望子高挑，埕头广架。门前对子，强斯文带醉歪题；壁上诗篇，村过客乘忙诌下。入门一阵腥膻气，案上原少佳肴；到坐几番吆喝声，面前未来供馔。谩说闻香须下马，枉夸知味且停骖。无非行路救饥，或是邀人议事。

元来是一个大酒店。李君独坐无聊，想道：『我且沽一壶，吃着坐看。』步进店来。店主人见是个士人，便拱道：『楼上有洁净坐头，请官人上楼去。』李君上楼坐定，看那楼上的东首尽处，有间洁净小阁子，门儿掩着，像有人在里边坐下的，寂寂嘿嘿在里头。李君这付座底下，却是店主人的房，楼板上有个穿眼，眼里偷窥下去，是直见的。李君一个在楼上；还未见小二送酒菜上来，独坐着闲不过，听得脚底下

房里头低低说话，他却在地板眼里张看。只见一个人将要走动身，一个拍着肩叮嘱，听得落尾两句说道：「教他家郎君明日平明必要到此相会。若是苦没有钱，即说元是且未要钱的，不要挫过。迟一日就无及了。」去的那人道：「他还疑心不的确，未肯就来怎好？」李君听得这几句话，有些古怪，便想道：「仙兄之言莫非应着此间人的事体么？」即忙奔下楼来，却好与那两个人撞个劈面，乃是店主人与一个蓦生人。李君扯住店主人问道：「你们适才讲的是甚么话？」店主人道：「侍郎的郎君有件紧要事干，要一千贯钱来用，托某等寻觅，故此商量寻个头主。」李君道：「一千贯钱不是小事，那里来这个大财主好借用？」店主道：「不是借用，说得事成时，竟要了他这一千贯钱也还算是相应的。」李君再三要问其事备细。店主人道：「与你何干！何必定要说破？」只见那要去的人，立定了脚，看他问得急切，回身来道：「何不把实话对他说？总是那边未见得成，或者另绊得头主，大家商量商量也好。」店主人方才附着李君耳朵说道：「是营谋来岁及第的事。」李君正斗着肚子里事，又合着仙兄之机，吃了一惊，忙问道：「此事虚实何如？」店主人道：「侍郎郎君见在楼上房内，怎的不实？」李君道：「方才听见你们说话，还是要去寻那个的是？」店主人道：「有个举人要做此事，约定昨日来成的，直等到晚，竟不见来。不知为凑钱不起，不知为疑心不真？却是郎君元未要钱，直等及第了才交足，只怕他为无钱不来，故此又要这位做事的朋友去约他。若明日不来，郎君便自去了，只可惜了这好机会。」李君道：「好教两位得知，某也是举人。要钱时某也有，便就等某见一见郎君，做了此事，可使得否？」店主人道：「官人是实话么？」李君道：「怎么不实？」店主人道：「这事原不拣人的。若实实要做，有何不可！」那个人道：「从古道『有奶便为娘」，我们见钟不打，倒去敛铜？官人若果要做，我也不到那边去，再走坏这样闲步了。」店主人道：「既如此，可就请上楼与郎君相见面议，何如？」

两个人拉了李君一同走到楼上来。那个人走去东首阁子里，说了一会话，只见一个人踱将出来，看他怎生模样：

白胖面庞，痴肥身体。行动许多珍重，周旋颇少谦恭。抬眼看人，常带几分蒙昧；出言对众，时牵数字含糊。顶着祖父现成家，享这儿孙自在福。

这人走出阁来，店主人忙引李君上前，指与李君道：「此侍郎郎君也，可小心拜见。」李君施礼已毕，叙坐了。郎君举手道：「公是举子么？」李君通了姓名，道：「适才店主人所说来岁之事，万望扶持。」郎君点头未答，且目视店主人与那个人，做个手势道：「此话如何？」店主人道：「数目已经讲过，昨有个人约着不来，推道无钱。今此间李官人有钱，情愿成约。故此，特地引他谒见郎君。」郎君道：「咱要钱不多，如何今日才有主？」店主人道：「举子多贫，一时间斗不着。」郎君道：「拣那富的拉一个来罢了。」店主人道：「富的要是要，又撞不见这样方便。」郎君又拱着李君问店主人道：「此间如何？」李君不等店主人回话，便道：「某寄籍长安，家业多在此，只求事成，千贯易处，不敢相负。」郎君道：「甚妙，甚妙！明年主司侍郎，乃吾亲叔父也，也不误先辈之事。今日也未就要交钱，只立一约，待及第之后，即命这边主人走领，料也不怕少了的。」李君见说得有根因，又且是应着仙书，晓得其事必成，放胆做着，再无疑虑。即袖中取出两贯钱来，央店主人备酒来吃。一面饮酒，一面立约，只等来年成事交银。当下李君又将两贯钱谢了店主人与那一个人，各各欢喜而别。到明年应举，李君

果得这个关节之力，榜下及第。及第后，将着一千贯完那前约，自不必说。眼见得仙兄第一封书，指点成了他一生之事。

真才屡挫误前程，不若黄金立可成。
今看仙书能指引，方知铜臭亦天生。

李君得第授官，自念富贵功名皆出仙兄秘授谜诀之力，思欲会见一面以谢恩德，又要细问终身之事。差人到了华阴西岳，各处探访，并无一个晓得这白衣人的下落。只得罢了。以后仕宦得意，并无什么急事可问，这第三封书无因得开。官至江陵副使，在任时，一日忽患心痛，少顷之间晕绝了数次，危迫特甚，方转念起第三封书来，对妻子道：「今日性命俄顷，可谓至急。仙兄第三封书可以开看，必然有救法在内了。」自己起床不得，就叫妻子盥洗了，虔诚代开。开了外封，也是与前两番一样的家数，写在里面道：「某年月日，江陵副使忽患心痛，开第三封。」妻子也喜道：「不要说时日相合，连病多晓得在先了，毕竟有解救之法。」连忙开了小封，急急看时，只叫得苦。元来比先前两封的字越少了，刚刚止得五字道：「可处置家事。」妻子看罢，晓得不济事了，放声大哭。李君笑道：「仙兄数已定矣，哭他何干？吾贫，仙兄能指点富吾；吾贱，仙兄能指点贵吾；今吾死，仙兄岂不能指点活吾？盖因是数，去不得了。就是当初富吾、贵吾，也元是吾命中所有之物。前数分明，止是仙兄前知，费得一番引路。我今思之：一生应举，真才却不能一第，直待时节到来，还要遇巧，假手于人，方得成名，可不是数已前定？天下事大约强求不得的。而今官位至此，仙兄判断已决，我岂复不知止足，尚怀遗恨哉？」遂将家事一面处置了当，隔两日，含笑而卒。

这回书叫做《三拆仙书》，奉劝世人看取：数皆前定如此，不必多生妄想。那有才不遇时之人，也只索引命自安，不必郁郁不快了。

人生自合有穷时，纵是仙家讵得私？
富贵只缘承巧凑，应知难改盖棺期。